Amoureux

au 1er REGARD

Nalia Asher

À l'ensemble des lecteurs.

TABLE DES MATIÈRES

Information

⚠ ⚠ ⚠

Cette histoire contient un langage familier.

⚠ ⚠ ⚠

Photo personnages

Personnage chapitre 1

Padraig Bakers

Wallace Cobb

Lionel Vargas

Yaacov Zirkovitch

Jarod Reyes

Chapitre 1

Je m'appelle Padraig Bakers, je viens d'avoir 24 ans.

Aujourd'hui, c'est le pire jour de ma vie, je viens d'être condamné à une peine de prison de 30 ans…

Accusé de meurtre prémédité sur un certain Clay Mayo.
Je ne connaissais même pas ce gars, mais mon ADN a été retrouvé sur la scène de crime.
Je suis le coupable idéal.

Pour me défendre pendant le procès, j'ai eu droit à un minable avocat commis d'office, n'ayant pas les moyens de m'en payer un.
Je n'avais aucune chance, je n'avais pas d'alibi pour le meurtre, j'étais seul chez moi.

Je n'ai pas vraiment d'amis et au travail ça ne se passe pas super bien.
Un collègue me fait la misère parce que je suis gay, je les remis en place plusieurs fois.
Mais, les mots ne servent à rien avec lui.
J'en suis venu aux mains et il a eu un arrêt de travail…
Je me suis défendu, enfin bref.

Il a porté plainte pour coup et blessure évidemment, je n'étais pas connu par les services de police donc ils ont été cléments, le « délit » a été ajouté à mon casier judiciaire qui était vierge, avant ça.
Puis, on m'a prévenu que la prochaine fois, ce serait la prison.

Autant, vous dire que j'ai évité les ennuis.
Jusqu'au jour où les flics ont débarqué chez moi.
J'avoue que je n'ai rien compris, ils ont défoncé ma porte, m'ont cueilli au lit.
J'ai été plaqué au sol par une brute et on m'a mis les menottes…

J'ai négocié pour enfiler au moins un pantalon et un sweat.

Et, voilà, aujourd'hui c'est le jour où ma vie s'arrête.

Trente ans de prison sérieux…

Le juge à décider de faire de moi un exemple, une connerie ouais, il n'aimait juste pas ma gueule…

◆◆◆

On vient de me mettre dans le fourgon pour aller dans la prison.

J'avoue que là, j'ai les boules, j'ai peur de ce que je vais vivre là-bas.

Je n'ai jamais fait de mal à personne avant de frapper mon collègue.

Je ne suis pas de nature violente, je suis un homme doux, même une mouche, je ne la tue pas sérieux…

Je pense que je vais crever, je ne suis pas de leur monde, les prisonniers sont violents, ils frappent, violent et tortures…

Enfin, c'est ce qui se dit, peut-être que c'est différent en vrai, mon Dieu, j'espère que tout ça et faux, pitié !

Le fourgon s'arrête, mon cœur bat à mile à l'heure.

Je regarde le bâtiment, on me tire violemment pour avancer.

Je commence donc à marcher, je baisse la tête quand je passe près de la grille.
Un gardien prend la relève et les gars qui m'ont amené repartent.

Gardien :
— Allez avance !
On va te donner tes tenues et ton numéro de cellule.

Je ne réponds pas et j'avance, il m'amène dans une salle.
Il me fait asseoir à une chaise et m'attache avec une chaîne.

Super, j'ai hâte de découvrir la suite !
Il quitte la pièce et revient cinq minutes plus tard avec un dossier, un sac avec du linge et un sachet vide.

Gardien :

— Bon alors, tu vas te déshabiller et enfiler une tenue acceptée.

Tes affaires actuelles, tu me les mets dans le sac. C'est clair ?

Padraig :

— Très clair.

Gardien :

— Bien donc, je vais enlever tes menottes, au moindre mouvement suspect, je te fous un coup de taser, on est d'accord ?

Padraig :

— Ok.

Il me détache.
J'enlève mon sweat en premier et ensuite mon pantalon treillis.

J'attrape une nouvelle tenue dans les vêtements et l'enfile.

Padraig :

— Pourquoi j'ai un sac avec des vêtements qui m'appartiennent ?

Gardien :

— Ton avocat nous l'a apporté pour toi.

Tu as deux pantalons, un survêtement, deux pulls ou sweats sans capuche, trois petites serviettes de toilette et une grande, cinq gants de toilette, deux shorts, six tee-shirts et des sous-vêtements.

Padraig :

— Hmm d'accord.

Gardien :

— Bon, est-ce que j'ai besoin de te rattacher pour la suite où tu vas rester calme.

Padraig :

— Je vais être calme, les menottes font mal au poignet.

Il ouvre le dossier.

Gardien :

— Alors, on va faire les vérifications d'identité pour confirmer que le dossier est bon.

Je hoche la tête.

Gardien :

— T'appelles-tu Padraig Bakers ?

Padraig :
— Oui.

Gardien :
— 24 ans, tu es avec nous pour oh 30 ans…

Padraig :
— C'est ça.

Il continue de vérifier plusieurs informations, il prend en compte le passé médical si j'ai des traitements…
La totale quoi !

Gardien :
— Bon, tout est ok pour moi.
Alors pour la cellule, je vais t'y amener, tu retiens où elle se trouve, on te montre le chemin une fois. Tu as un codétenu avec toi dans la chambre, à cette heure les prisonniers sont pour la plupart en balade en extérieur ou à la salle de sport.

Padraig :
— D'accord.

Gardien :
— Des questions ?

Padraig :
— Je... hmm non, pas de question.

Gardien :
— Au fait, je suis le gardien Wallace Cobb.
Retiens le plus possible les noms des gens qui
peuvent t'aider ici.

Padraig :
— D'accord.

*Il me donne le sac avec mon nécessaire de survie...
Puis, nous avançons, je mémorise le chemin que je
vois.*

Cobb (Gardien) :
— Bon, là, on est dans le hall.
À partir d'ici, retiens bien le chemin, ta cellule
sera un des seuls endroits où tu seras en sécurité,
enfin si tout se passe bien avec ton codétenu.

On grimpe dans les étages, on arrive au niveau 3.

Cobb (Gardien) :

— Nous voilà au niveau des criminels qui ont la plus grosse peine.
C'est ici que les pires détenus sont.

Je fronce les sourcils.

Padraig :

— Je ne veux pas être avec les pires.
Je ne vais pas survivre avec eux !

Cobb (Gardien) :

— Tu as pris 30 ans, alors ne la joue pas avec moi.
Tu n'es pas ici pour rien.
Avance !

Je souffle et j'avance, il s'arrête devant une cellule.
Je lève la tête et regarde le numéro « 304 ».

Cobb (Gardien) :

— Voilà, tu seras dans cette cellule, la 304.
Oh et ton numéro de détenu, c'est ta date de naissance, années/mois/jours, ne te trompe pas de sens.
Quand l'appel est fait, c'est avec ce numéro.

Padraig :

— Années, mois, jours, ok, c'est bon.
Cellule 304, je retiens.

99 02 13 voilà mon numéro de détenu.

Cobb (Gardien) :

— Ton codétenu est le numéro 79 07 27.

Padraig :

— Je ne vais pas retenir ça, c'est quoi son
prénom ?

Cobb (Gardien) :

— Débrouille-toi, entre et pose tes affaires dans le
côté gauche. Tu as ton armoire personnelle.
Dans le placard, tu trouveras une couverture.
Bon séjour parmi nous.

Il quitte la cellule.
Je me chuchote à moi-même.

Padraig :

— Putain de bordel de merde !
Bon au moins, je n'ai pas une tenue de
prisonniers. J'ai de vraies fringues, c'est déjà ça.
Je sais déjà plus le numéro de mon voisin… mais
quel con !

Je me lève du « lit » et je range mes vêtements, je suis un peu maniaque, alors je plie minutieusement chaque vêtement.
J'essaie de ranger le tout proprement et classer dans l'armoire.

D'un coup, j'entends pas mal de mouvement et des cris.
Putains, les détenus reviennent de leurs balades.
Mon Dieu, je suis terrorisé.
J'entends des bruits de pas, le gars et probablement rentrer, je continue de ranger comme si je n'avais pas entendu.
J'entends le bruit de son lit.

Détenu :
— C'est quoi ton nom ?

Je sursaute, sa voix et très grave, c'est flippant.
Je souffle pour me donner contenance et je me retourne pour lui répondre.

Padraig :

— Euh Padraig Bakers et toi ?

Détenu :

— Lionel Vargas, mais tu peux m'appeler Lio si tu veux.

Padraig :

— Ok.

Lionel (Détenu) :

— Ton numéro, c'est quoi ?
Moi, je suis le 79 07 27.

Padraig :

— Euh le 99 02 13.

Lionel (Détenu) :

— T'es un gamin encore, t'es là pour quoi ?
Surtout au niveau 3.

Padraig :

— Meurtre prémédité apparemment.

Lionel (Détenu) :

— Apparemment ?

Padraig :
— Je ne connais pas la victime, je n'ai rien fait.

Lionel (Détenu) :
— Ne le dis pas, tu vas être pris pour cible.
T'as de la chance que je sois dans les gentils
codétenus.

Padraig :
— Oh ok, toi, t'es là pour quoi ?

Lionel (Détenu) :
— Meurtre aussi, mais moi, je l'ai vraiment fait.

Padraig :
— T'as pris combien ?

Lionel (Détenu) :
— 35 ans, j'en suis à ma dixième année.
Et, toi, combien ?

Padraig :
— 30 ans.

Lionel (Détenu) :
— T'aura quoi, dans les 50 ans à ta sortie ?

Padraig :

— Si je ne suis pas mort avant, ouais.

Lionel (Détenu) :

— Ne vois pas le mal partout.

Pour le repas de ce soir, viens avec moi.

Je vais te dire les gars à éviter.

Et, ceux que tu dois te mettre dans la poche.

Padraig :

— Merci.

♦♦♦

On est en direction pour la cantine, je suis Lionel de près.

Certains gars me regardent un peu trop avec insistance et je n'aime pas ça du tout.

Padraig :

— Lio ?

Il se retourne et me regarde.

Padraig :

— Pourquoi il me fixe ?

Lionel (Détenu) :
— T'es de la chair fraîche, mon pote.
Certains vont vouloir faire de toi leurs putes.

Padraig :
— Quoi ?

Lionel (Détenu) :
— C'est comme ça ici soit t'es le baiseur, soit t'es le baiser !

Padraig :
— T'es quoi toi ?

Lionel (Détenu) :
— Le baiseur, évidemment.

Padraig :
— Comment j'évite ça ?
Je ne veux pas Lio.

Lionel (Détenu) :
— Trouve quelqu'un qui accepte de dire que tu es sa pute sans que tu le sois.

Padraig :
— Tu peux le faire toi ?

Lionel (Détenu) :

— Non, moi, je baise vraiment, ça me fait du bien. J'ai plus rien dehors, ma vie est ici et franchement pété du cul, j'adore ça.

Padraig :

— Oh.

Lionel (Détenu) :

— Si tu le veux, je peux te prendre. T'as une belle gueule et t'es mon coloc alors ce sera pratique.

Padraig :

— Non, non Lio, c'est bon.
Je vais le débrouiller.

On prend nos plateaux et on se dirige vers une table.
Un gars arrive, je ne le sens pas du tout.

<u>Détenu :</u>
— Yo Lionel !
C'est qui ta nouvelle pute ?

<u>Lionel (Détenu) :</u>
— Salut, Yaacov, comment tu vas ?
Mon petit cadeau t'a plu ?

<u>Yaacov (Détenu) :</u>
— Parfait comme toujours.
Tu nous présentes ?

<u>Lionel (Détenu) :</u>
— Ouais, Yaacov Zirkovitch, v'là mon coloc
Padraig Bakers.

Il me reluque de haut en bas et se lèche la lèvre de façon horrible.

<u>Yaacov (Détenu) :</u>
— Beau spécimen ton coloc.
J'ai une place pour remplacer Yvano.

<u>Lionel (Détenu) :</u>
— Il est passé où encore ?

Yaacov (Détenu) :
— Isolement, il me faut un vide couille pour le remplacer.

Ta pute m'intéresse !

On se fait un échange, t'as besoin de quoi Lionel ?

Padraig :
— Hé mec, tu vas redescendre, je ne suis pas « Sa pute » et je ne suis pas à vendre, c'est clair !

Lionel me lance un regard noir.

Lionel (Détenu) :
— Excuse-le Yaacov, il ne sait pas encore les règles ici.

Yaacov (Détenu) :
— T'as une belle gueule, mais apprends à la fermer.

Tu es une pute et tu seras la mienne !

Je vais t'apprendre les règles ici.

Padraig :
— Rêve, je ne suis la pute de personne !

PAF PAF

Je suis à terre, il m'a envoyé deux coups assez violents,
j'esquive le 3ᵉ et lui mets un crochet dans la mâchoire.
On s'envoie quelques coups, les gars autour crient.
Deux gardiens débarquent.

<u>Cobb (Gardien) :</u>
— Reyes chope le nouveau, je passe les menottes
au Russe.

Je donne un dernier coup de genou dans ses parties, il
tombe à genoux.

<u>Padraig :</u>
— Je ne serais pas ta pute Connard !

Je suis attrapé de dos, des bras me serrent assez fort,
mais pas pour faire mal, juste me maintenir en place.

<u>Reyes (Gardien) :</u>
— Stop, tu te calmes ou tu vas à l'isolement.

<u>Cobb (Gardien) :</u>
— Allez le russe, isolement pour une semaine !
AVANCE !

<u>Lionel (Détenu) :</u>
— T'aurais jamais dû faire ça petit.

Il quitte la cantine.
Le gardien me tient encore dans ses bras.

Reyes (Gardien) :
— Cellule numéro ?

Padraig :
— Pff, 304.
C'est bon, je connais le chemin. Lâche-moi !

Reyes (Gardien) :
— Oh, calme !
Je t'emmène et je ferme derrière moi.
T'as perdu le droit de sortir après le repas.
Avance !

Padraig :
— Ouais, c'est bon !

Reyes (Gardien) :
— Parle-moi mieux sinon je te jure que je te fous un coup de matraque.

J'avance et grimpe jusqu'à ma cellule, j'entre et je me tourne pour voir le gardien.

Il est aussi dans la cellule, nos regards se croisent.

Waouh, il a des yeux magnifiques lui.
Un bleu qui me fait penser aux îles.

Reyes (Gardien) :
— Quoi ?

Padraig :
— Euh, tes yeux sont magnifiques.

Il penche la tête sur le côté et plisse les yeux.

Reyes (Gardien) :
— Merci. Numéro et prénom ?

Padraig :
— 99 02 13, Padraig.

Reyes (Gardien) :

— Je suis le gardien Reyes.
La plupart des détenus m'appellent par mon prénom.

Padraig :

— Ok et c'est quoi ?

Reyes (Gardien) :

— Jarod.

Personnage chapitre 2

Padraig Bakers

Wallace Cobb

Jarod Reyes

Chapitre 2

*Il y a quelques jours, j'ai rencontré le 2e gardien,
depuis je ne cesse de penser à ses yeux.
Pouah, son regard était juste waouh et pourtant la
lumière est dégueulasse dans ma cellule.*

*En bref, je suis incarcéré ici depuis six jours, mon cher
ami va bientôt sortir d'isolement et franchement, j'ai
peur...*

*Certains détenus m'ont dit de me méfier de lui, il serait
capable de me planter juste parce que je lui tiens tête.*

*Apparemment, ce sera le chef depuis qu'il est arrivé, il
y a cinq ans.
Je ne sais pas combien d'années, il a pris.*

*Mais, il est hors de question que je me laisse marcher
dessus, surtout ici.*

*Je dois absolument trouver une solution pour me payer
un avocat et sortir d'ici.*

La porte s'ouvre, le gardien Cobb entre.

Cobb (Gardien) :
— Visite de contrôle. Colle-toi à la grille !

Padraig :
— Ouais, c'est bon.
Pas besoin d'être comme ça.

Cobb (Gardien) :
— Fait gaffe le nouveau, ici, je suis le roi.
Si je veux te faire sucer ma bite, tu le feras alors
reste à ta place !

À peine, j'ai entendu le mot bite, j'ai eu envie de vomir.
Sérieux, la prison peut dégoûter un gay de sexe !
Je ne me suis pas touché une seule fois et je n'ai aucune
érection ou envie…

La prison change clairement ta libido…
Enfin chez moi en tout cas.
Chez tous les autres, j'ai l'impression que c'est
amplifié.

Cobb (Gardien) :
— C'est quoi ça ?

Je me retourne et regarde ce qu'il montre et je fronce les
sourcils.
Je n'en ai aucune idée de ce que ce truc fait là.

Padraig :
— J'en sais rien, c'est pas à moi.
Je n'ai jamais vu ça avant.

Cobb (Gardien) :
— Tu te fous de moi.
C'est sous ton oreiller !

Padraig :
— Ce n'est pas à moi !
Je ne sais même pas ce que c'est sérieux !

Cobb (Gardien) :
— Une arme taillée dans une brosse à dents, ça se
voit.
Tu comptais attaquer qui avec ça ?

Padraig :
— Personne putain, ce n'est pas à moi !

Cobb (Gardien) :
— Tu vas aller faire un tour en isolement pour deux jours et je confisque l'arme.

Padraig :
— Sérieux ?
Mais j'ai rien fait, c'est dégueulasse.

Cobb (Gardien) :
— Tourne-toi, je t'emmène en isolement par sécurité.
L'envie de poignarder un codétenu te passera enfermée là-bas sans rien.

Il m'attrape fermement et m'emmène en cellule d'isolement.

Je rentre dans la cellule et franchement ça ne donne pas envie de rester.
Ok, ma cellule, c'est la mort de basse, mais là, c'est l'enfer, il y a juste un lit, la porte a uniquement une petite trappe…

Je m'allonge sur le lit et j'attends.
Je réfléchis à qui m'a mis cette putain d'arme sous mon oreiller.

En vrai n'importe qui peut entrer dans les cellules quand on n'est pas là.
Est-ce que Lio aurait pu faire ça ?

◆◆◆

Ça doit faire plusieurs heures que je suis ici.
Enfin, j'espère vraiment, le temps me paraît infini.
Se retrouver seul avec soi-même dans un endroit comme celui-ci te fait douter de tout…

Est-ce que je vais pouvoir tenir 30 ans comme ça ?
NON, jamais de la vie.

Est-ce que je peux quitter cette prison ?
Non, je ne peux même pas me payer un putain d'avocat !

Est-ce que je suis condamné ?
Oui, clairement.

Peut-être devrais-je me laisser crever…
De toute façon, personne ne va me pleurer et en plus
pour la plupart, je ne suis qu'un meurtrier.

Je sens une goutte tomber sur ma main.
Je frotte mes joues, voilà que maintenant, je pleure
comme une merde.

Putain de solitude !

Je vais clairement devenir fou dans cette prison.
Bouffer ou être bouffé ?
Baiser ou être le baiser ?
Vivre ou crever ?
Voilà ma vie désormais.

Je craque et me laisse aller dans mes larmes.
J'ai besoin d'évacuer toute cette connerie…
J'ai tellement envie de hurler !
Je n'ai rien fait pour mériter d'être ici.

Après, je ne sais combien de temps a pleuré, la porte
s'ouvre, je ne lève pas la tête.
Je garde ma tête dans mes mains, dans ma position
assise, pencher en avant.

Jarod (Gardien) :
— Je t'apporte le repas.
Tout va bien ?

Sans lever la tête, je lui réponds d'une voix tremblante.

Padraig :
— Ouais, super bien…
C'est la meilleure soirée de ma vie, tu vois.

Il pose le plateau sur le lit, puis part vers la porte.
J'entends la porte se fermer.
Je soupire fortement.
Je ne prête aucune attention au repas.

Padraig :
— Putain, j'en peux plus !

Jarod (Gardien) :
— Personne ne peut entendre ce qu'il se passe de l'extérieur quand on est ici.

Je sursaute.
Je le pensai sorti.
Je lève ma tête et le fixe.
Il me fixe aussi, mais je n'arrive pas à comprendre son regard.

<u>Jarod (Gardien) :</u>
— Je… euh…

Il mord sa lèvre.
Putain, que ça le rend sexy !

<u>Jarod (Gardien) :</u>
— Je ne voulais pas te faire peur.
J'ai appris que mon collègue t'avait amené ici, j'ai
demandé à amener ton repas.

<u>Padraig :</u>
— Pourquoi ?

<u>Jarod (Gardien) :</u>
— Hmm, je ne sais pas trop.
Je voulais être sûr que tu allais bien.
Tu ne ressembles pas à la description qui a été
faite pendant le procès…

<u>Padraig :</u>
— Tu as suivi mon procès ?

<u>Jarod (Gardien) :</u>
— Oui, la victime, c'était un ami à moi.
Il était dans des affaires louches avec la Mafia.

Padraig :

— Je ne suis pas de la Mafia.

Je ne connaissais même pas ce gars.

J'ai entendu son nom pour la 1ʳᵉ fois quand on m'a accusé de l'avoir tué.

Jarod (Gardien) :

— Pourquoi il y avait ton ADN ?

Padraig :

— Je n'en sais rien, je n'ai jamais été là où le corps a été trouvé.

Je n'ai pas pu me défendre avec un vrai avocat et me voilà ici pour 30 ans.

Je craque.
Les larmes ruissellent sur mes joues en abondance.
Étonnamment, il s'approche de moi et me serre dans
ses bras.

Jarod (Gardien) :

— Ça va aller, je ne vais pas te laisser pendant 30 ans ici.

Padraig :

— Sniff pourquoi pas ?

Jarod (Gardien) :

— Tu n'es pas coupable déjà.

Et, je ne sais pas, depuis que je t'ai vu, hmm, j'ai ce besoin de te protéger de ces connards.

Ils veulent tous te faire quelque chose.

Tu dois te trouver un groupe pour avoir une protection.

Padraig :

— Je ne veux pas faire partie de toute leur merde.

Je ne veux ni être baisé ou baisé…

Euh, je ne peux juste pas… putain qu'est-ce que je peux faire…

Jarod (Gardien) :

— Te battre avec le Russe, c'était courageux franchement et je pense que beaucoup te craignent.

Il te pense tous ici pour un truc grave.

Tout le monde sait que tu es là pour 30 ans.

Une bonne partie des gars sont encore là pour 15 ans ou 20 ans.

Padraig :

— Alors à leurs yeux, je suis la pire ordure du monde ?

Jarod (Gardien) :

— Non, il y a les violeurs qui eux sont classés au-dessus de tout crime.

Personne n'accepte le viol, le meurtre est mieux vu ici.

Enfin pour ceux qui sont coupables.

Padraig :

— Pourquoi tu fais ça pour moi ?

Jarod (Gardien) :

— Je… hmm… je veux te faire sortir d'ici.

Tu ne tiendras pas, j'ai quelques économies et des contacts.

Je peux essayer de demander à mon beau-frère de prendre ton dossier.

Il ne fait pas trop les crimes de ce genre, mais il le fera si je mets le paquet.

Padraig regarde-moi

Je le regarde et je me plonge dans ces magnifiques yeux qui me scrutent.

Padraig :

— Tu as vraiment des yeux qui donnent envie de voyager.

Jarod (Gardien) :
— Ah bon ?

Il te donne envie de voyager où ?

Padraig :
— Sur une île perdue, avec les plages avec l'eau aussi bleue que tes yeux.

Là où personne ne me trouvera, là où je serai moi, le vrai Padraig pas un criminel.

Jarod (Gardien) :
— C'est beau, ça me donne envie d'y aller avec toi.

Padraig :
— T'es gardien de prison et je suis prisonnier.

Je suis enfermé ici pour les 30 prochaines années.

Je sortirai complètement différent à 54 ans, enfin si on ne me rajoute pas d'années…

Jarod (Gardien) :
— Padraig, je ne vais pas te laisser ok.

Je te le promets, je vais te sortir d'ici.

Légalement serait le mieux.

Je vais t'envoyer un avocat et ensuite, tu feras appel.

Il marque une pause.

Jarod (Gardien) :
— Et, si ça ne fonctionne pas, on tentera une nouvelle fois de prouver ton innocence.
Je vais essayer de témoigner près des flics pour leur signaler que mon ami trafiqué avec la Mafia, peut-être que ce sera utile pour ton dossier.

Padraig :
— Ne perds pas ton temps.
Je suis un déchet de l'humanité maintenant.

Jarod (Gardien) :
— Un magnifique déchet alors.
Ne baisse pas les bras Padraig, je vais te sortir d'ici et une fois dehors, je t'emmène sur ton île.

Padraig :
— J'ai envie d'y croire, mais j'ai perdu tout espoir en une semaine ici…

Jarod (Gardien) :
— Et, moi, en une semaine ici, tu m'as donné un but, te protéger et te sortir d'ici.
Je te regarde souvent de loin.
Tu es un aimant pour mes yeux !

Padraig :
— Quoi ?

Il m'attrape et dépose légèrement ses lèvres sur les miennes.

Ce baiser est à peine perceptible tellement il est doux.
Il pose son front contre le mien.

Jarod (Gardien) :
— Garde la tête haute.
Maintiens-toi en forme et surtout ne te laisse pas aller. Moi, je suis là et je crois en toi.

Padraig :
— Jarod... je... Pourquoi ?

Jarod (Gardien) :
— Je ne sais pas, tu me fais ressentir des trucs depuis que je t'ai vu et je veux être là pour toi. Accepte juste.

46

Padraig :

— Qu'est-ce que ça inclut ?

Jarod (Gardien) :

— Je ne ferai rien que tu ne veux pas sauf te faire sortir d'ici.

Padraig :

— D'accord, mais hmm, je suis quoi à tes yeux ?

Jarod (Gardien) :

— Pour le moment, je ne sais pas trop.
Je ne comprends pas trop ce qu'il m'arrive.
Je n'ai jamais rien fait avec un homme, je suis hétéro… J'ai rompu avec ma copine le lendemain de notre rencontre.

Padraig :

— Quoi, mais pourquoi ?

Jarod (Gardien) :

— J'ai ressenti ce besoin, d'être libre… hmm, d'être disponible pour me rapprocher de toi, je pense…

Padraig :

— Oh, euh, c'est hmm comment dire, inattendu, vraiment.

Jarod (Gardien) :

— T'es hétéro toi aussi non ?

Enfin, je veux dire, tu refuses de baiser et un gay sauterait sur l'occasion non ?

Padraig :

— Je suis gay et non, je ne saute pas sur l'occasion, toute cette ambiance me coupe l'envie. Tous ces mecs en chien de trouver une bonne petite pute, ce n'est pas pour moi…

Je ne peux pas, je ne couche pas avec n'importe qui, j'ai besoin de sentiment pour fonctionner moi.

Jarod (Gardien) :

— Oh, je vois.

Tu n'as jamais fait dans les coups d'un soir alors ?

Padraig :

— Non, j'ai eu qu'un seul partenaire sexuel.

Mon ex quand j'avais 17 ans depuis plus rien.

Et, toi ?

Jarod (Gardien) :

— J'ai pas mal butiné au lycée et à 24 ans, je me suis posé avec mon ex maintenant.

On est resté ensemble trois ans jusqu'à ce que je te croise…

Padraig :

— Tu as foutu trois ans en l'air comme ça, sans savoir si tu me plaisais ou autre ?

Jarod (Gardien) :

— On ne complimente pas quelqu'un si on n'est pas un minimum attiré, j'me trompe ?

Je secoue la tête.

Padraig :

— T'es très attirant et tes yeux, je les aime.
Je suis amoureux de tes yeux depuis que je les ai vus.

Jarod (Gardien) :

— Moi, je suis attiré par toi.
Je dois y aller, mon supérieur va me tomber dessus sinon.
Mange d'accord, je passerai récupérer le plateau plus tard.

Padraig :

— Juste, je suis ici depuis combien de temps ?

Jarod (Gardien) :

— Ça fait 13 heures, tu sortiras demain soir pour le repas. Je viendrai te chercher.

<u>Padraig</u> :
D'accord.

Il m'embrasse rapidement encore une fois.
Je n'ai pas le temps de réagir et il quitte la pièce.

Je mange mon repas et je me couche.
Je sombre vite dans le sommeil.

Personnage chapitre 3

Jarod Reyes

Wallace Cobb

Oscar Torres

Chapitre 3

Point de vue : Jarod

Je suis allé dans la partie des cellules d'isolement à 21 h après l'appel et ma ronde de 20 h 30.

Le temps de passer dans tous les couloirs.

J'ai récupéré tout le plateau des détenus, j'ai fini par sa cellule.

Il dormait à poings fermés.

Je l'ai laissé dormir, je n'allais pas le réveiller.

Le temps doit être tellement long entre ces quatre murs.

Je suis sorti pour finir de débarrasser les plateaux, ensuite, je suis retourné au bureau.

◆◆◆

Il est 21 h 30, je termine dans 30 minutes, demain, je prends le service à 13 h.

J'espère que tout va bien se passer pour Padraig pendant mon absence.

Je le sors de la cellule demain à 18 h 30 pour son repas à la cantine.

Je ne sais pas ce qu'il m'arrive.

C'est la première fois de ma vie que j'embrasse un gars par envie.

Au lycée, durant les soirées, cela était arrivé avec les jeux du type action ou vérité, mais ça me dégoûtait vraiment.

Depuis que je l'ai rencontré, je me remets en question en continu, j'ai même quitté Alicia alors que je pensais réellement fonder une famille avec elle.

Wallace Cobb :

— Ça a été avec les isolés ?

Jarod Reyes :

— Hmm.

Wallace Cobb :

— T'as pas eu de problème particulier ?

Jarod Reyes :

— Hmm.

Wallace Cobb :

— Euh, Reyes, tu m'écoutes ?

Je relève la tête d'un coup.

Jarod Reyes :

— Hein ?

Wallace Cobb :

— Je te demandais si tu avais eu des problèmes
avec les isolés ?

Jarod Reyes :

— Non, non du tout.
Ils ont tous mangé, j'ai débarrassé chaque plateau.
Les cellules de mon secteur sont toutes calmes,
tout va bien quoi.

Wallace Cobb :

— Hmm, t'es sûr ?
T'as l'air d'être préoccupé…
Quelque chose te tracasse ?

Jarod Reyes :

— Hmm ouais, j'ai euh rompu en début de semaine. Je suis en pleine remise en question et ce n'est pas facile.

Wallace Cobb :

— Ho, je vois, tu sais que je suis là en cas de besoin, avec la perte de ton ami et son assassin ici ça doit être compliqué en plus.

Jarod Reyes :

— Je… ouais non, rien avoir avec mon pote, enfin pas vraiment.

Je suis convaincu qu'ils n'ont pas arrêté la bonne personne Wallace.

Le détenu 99 02 13 est innocent, j'en mettrai ma main à couper et ma queue au feu, je te promets.

Wallace Cobb :

— Waouh carrément si tu en viens à vouloir sacrifier ta queue, je veux bien te croire Reyes. Mais, on est là que pour les garder, qu'il soit coupable ou non, il sera traité pareil pour moi.

Jarod Reyes :

— C'est bien ça le problème.

Il ne mérite pas tout ça, merde !

Je ne peux pas dormir en sachant qu'il croupit ici pour un truc qu'il n'a pas fait.

Wallace Cobb :

— Ce n'est pas le 1er innocent ici Reyes.

Il y en a eu plein et puis ton innocent se retrouve en isolement après six jours pour détention d'arme quand même.

Jarod Reyes :

— Tu sais comme moi que n'importe qui aurait pu la poser dans sa cellule. Ne joue pas au con.

Wallace Cobb :

— Ça reste un détenu donc j'agis comme on m'a formé. Aucun traitement de faveur.

Jarod Reyes :

— Ouais, c'est bon, j'ai compris, tu vas lui foutre la misère alors qu'il en peut déjà plus…

Parfois, je te promets, j'ai envie de t'envoyer mon poing.

Wallace Cobb :

— Hé, ça va Reyes.

C'est juste un prisonnier, tu ne le connais pas.

Ne t'attache pas, tu connais les règles.

Tu peux les sauter pendant les douches, mais pas plus. Le grand patron nous ferait passer un savon. D'ailleurs, il y a Michel qui veut se faire 99 02 13 aux douches demain à 16 h.

Jarod Reyes :

— Quoi ? Mais, non, il est en isolement, il en sort à 18 h 30, pas avant.

Je l'amènerai moi-même aux douches s'il le faut après les heures, mais hors de question que Michel le touche, c'est clair !

Wallace Cobb :

— Wooh, calme-toi Reyes.

Qu'est-ce qui t'arrive en ce moment, là ?

Je te reconnais plus !

Jarod Reyes :

— Je n'ai rien putain, personne ne le touche point.

<u>Wallace Cobb :</u>

— Ok ok, je vais faire passer le mot dans les rangs, mais fais gaffe à toi. Ne te fais pas manipuler par ces salauds de détenus.

<u>Jarod Reyes :</u>

— Je ne me fais pas manipuler.
Il ne m'a rien demandé, ok !

C'est l'heure de quitter le boulot, je prends mes affaires et me lève.

<u>Jarod Reyes :</u>

— Je rentre, il est l'heure.

<u>Wallace Cobb :</u>

— Attends la relève.

<u>Jarod Reyes :</u>

— Pourquoi ? T'es là non !

<u>Wallace Cobb :</u>

— Ok vas-y, je te couvre pour cette fois.
Réfléchi bien à ce que tu fais.

<u>Jarod Reyes :</u>

— Ouais ouais, à demain, 13 h.

Je quitte la prison.
Je grimpe dans ma voiture et j'appelle mon beau-frère
Oscar.

<u>Jarod :</u>

— Allô, comment va mon beau-frère ?

<u>Oscar :</u>

— Hey salut, bah écoute ça va !
Ta sœur commence à m'en faire voir de toutes les couleurs avec la grossesse.
Elle vient de me faire traverser la ville pour lui trouver un pot de glace vanille et des cornichons…
Sérieux, c'est dégueulasse comme mélange !

<u>Jarod :</u>

— Hahaha, je n'ai pas envie de la voir manger ce genre de truc.
C'est grave, dégueux, je suis d'accord.

Oscar :

— Et, toi, ça va ?

Tu ne regrettes toujours pas pour Alicia ?

Jarod :

— Ça va plutôt bien.

J'ai besoin de conseil d'avocat pour une affaire, tu es dispo ?

Oscar :

— Ho, euh ouais t'es chez toi là ?

Jarod :

— Je vais partir de la prison, j'y serai dans 15 min.

Oscar :

— Ok, bah, j'amène les cochonneries à ta sœur et je lui dis que tu as besoin de moi.

Elle sera ok tant qu'elle a sa glace vanille et ses cornichons, hahaha.

Jarod :

— Ok alors, tu me retrouves chez moi.

À toutes, le beauf !

<u>Oscar :</u>

— Ouais, à toutes.

Je raccroche et je roule jusqu'à mon appartement.
Il n'est pas très grand, mais honnêtement, c'est
suffisant.

J'y suis que pour dormir et me laver.

Je rentre chez moi, je regarde partout.
C'était ma garçonnière à la fac.
Un appartement que mes parents m'avaient offert.
J'en suis le propriétaire alors, je l'ai gardé même si
j'avais emménagé avec Alicia.

Bref, je lui ai laissé la maison qu'on a achetée ensemble,
il y a deux ans.

Mon appartement manque de déco, de couleur…
De présence aussi…

Je m'allonge dans le canapé, je pense à son visage.
À sa petite barbe un peu négligée qui lui va à ravir.
Ces magnifiques fossettes quand il me sourit.

Oh et ces yeux qui me dévorent.

Putain, qu'il est sexy !

Je sens ma queue durcir.

Arf, je dois me calmer.

Je vais à la douche pour me refroidir un coup.

Ma queue est tellement dure, même l'eau froide n'a pas d'effets.

Je me laisse aller dans mon imagination, je ferme les yeux et je le vois.

Ma main attrape ma queue et commence les va-et-vient.

Je suis rapidement à bout de souffle.

Très vite, j'éjacule en gémissant son prénom.

Je me savonne rapidement et enfile en pantalon de jogging.

Je reste torse nu et retourne dans mon canapé.

Jarod :
— Pff, qu'est-ce que tu me fais Padraig ?

Ça toque à la porte puis elle s'ouvre.

Oscar :

— T'es seul, hein ?

Il me dit ça avec sa main sur ses yeux.

Jarod :

— Hahaha, oui, tu peux enlever ta main débile.

Oscar :

— J'ai cru t'entendre parler avant de toquer.
Mais, sans réfléchir, j'ai ouvert la porte.

Jarod :

— Bah t'inquiète je parlais seul.

Oscar :

— Ho, ok. Tu me sers un truc à boire.

Jarod :

— Ha, ouais, pardon. Tu veux une bière ?

Oscar :

— T'as de la sans alcool ?
Je suis avocat, je ne vais pas conduire avec de
l'alcool dans le sang…

Jarod :

— Ouais, j'en ai toujours sans alcool pour toi.

Oscar :

— Alors, fais péter !

Je décapsule deux bières, une sans alcool et une avec alcool pour moi.

J'amène les bières au salon et je bois plusieurs gorgées directement.
Je soupire.

Oscar :

— Bon alors qu'est-ce qui t'arrive ?

Jarod :

— Tu parles de quoi le conseil avocat ou tu joues le beau-frère inquiet pour moi ?

Oscar :

— Le beau-frère inquiet pour le moment.
L'avocat sortira après la bière.

Jarod :

— Je me sens perdu. Je te promets, je ne sais pas ce que je ressens et c'est ouf. Ça me rend dingue… Je m'en prends au collègue et tout…

Oscar :

— Ça a un rapport avec le fait que t'a quitté Alicia ?

Jarod :

— Oui, c'est la cause même.

Oscar :

— Explique-moi, si je peux t'aider à y voir plus clair, tu sais que je le ferai.

Jarod :

— Je suis obsédé, je te jure. J'ai rencontré quelqu'un, enfin rencontrer c'est un grand mot. Disons qu'à ce moment-là, je l'avais juste vu.
Et, genre, je ne sais pas…depuis, je pense qu'à lui. Sa peau, ses yeux, son sourire, ses fossettes super craquantes. Ses lèvres qui ne me demandent que de les mordiller…
J'ai l'impression de devenir fou !

Oscar :

— Whooo putain, t'es à fond dedans.

T'as quitté Alicia, car tu désires cette meuf comme jamais, t'as désiré Alicia, c'est ça ?

Jarod :

— J'ai quitté Alicia parce que je ne voulais pas lui faire de peine.

Je lui ai dit que mes sentiments n'étaient plus les mêmes.

Et, c'est vrai, depuis que je l'ai rencontré, je change vraiment.

Je me suis remis en question à 100 %.

Oscar :

— Tu parles d'elle les yeux pleins d'étoiles.

Tu es complètement love !

Jarod :

— Tu crois ?

Oscar :

— Ah non, je suis sûr !

Ta sœur va être heureuse, elle n'aimait pas Alicia, Hahaha.

Jarod :

— Oscar, je euh…

Il y a autre chose en fait…

Oscar :

— Houla, quand tu m'appelles Oscar, en général, c'est important.

Vas-y, je t'écoute.

Jarod :

— C'est hmm euh, ce n'est pas une meuf.

Je baisse la tête, je suis vraiment en train de lui dire que je suis love d'un gars…

Ça craint !

Oscar :

— Oh ! Euh bah, c'est waouh !

Attends, t'es gay ?

Jarod :

— Bah euh, je ne pensais pas, enfin, je n'ai jamais été attirée par un mec.

Rien que penser en embrassé un me dégoûter, mais lui, c'est différent.

Oscar :

— Différent ?

Jarod :

— Ouais, je ne sais pas, mais j'ai toujours envie de le regarder, j'aime voir son corps, je le trouve tellement sexy.
Je l'ai embrasé deux fois, bon, ce n'était pas le baiser de ouf, juste un smack, mais je voulais vraiment aller trouver sa langue et…

Oscar :

— Who stop !
Trop de détail là !

Jarod :

— Oh pardon…

Oscar :

— Écoute, t'es clairement mordu, il n'y a pas à tergiverser 107 ans.
Tu es amoureux Jarod, genre réellement amoureux.

Jarod :

— Je le connais depuis une semaine, je lui ai parlé que deux fois.

La deuxième fois, c'était aujourd'hui.

Oscar :

— Tu as pensé quoi quand tu l'as vu la 1re fois ?

Jarod :

— Hmm bah, je ne l'ai pas vu directement parce que je le tenais dans son dos, mais j'ai ressenti plein de frissons.

Ensuite, je l'ai vu dans la pénombre, mon cœur à rater un battement puis, il m'a dit que j'avais des yeux magnifiques !

Mon cœur battait à 1000 à l'heure.

Oscar :

— Le coup de foudre mon pote !

Jarod :

— Tu crois ?

Oscar :

— Carrément ouais.

Tu nous le présentes quand ?

Jarod :

— Euh bah est-ce que l'avocat peut rappliquer ?

Il fronce les sourcils.

Oscar :

— Ne me dis pas que c'est un détenu !

Jarod :

— Si, mais…

Oscar :

— Putain non Jarod.

C'est dangereux, merde…

Jarod :

— Il est innocent Oscar, je te le jure !

Oscar :

— Il a pris combien ?

Jarod :

— Tu te souviens de mon ami Clay Mayo ?

Oscar :

— Celui qui a été assassiné ?

Jarod :

— Ouais lui, bah euh Padraig est condamné pour lui.

Mais, il ne se connaissait pas et Clay trafiqué avec la Mafia…

Oscar :

— Ok, combien il a pris ?

Quelle preuve contre lui ?

Jarod :

— 30 ans et son ADN était sur les lieux, mais il n'y est jamais allé.

Oscar :

— Tu es sûr qu'il ne te ment pas ?

L'ADN ne se retrouve pas comme ça sur une scène de crime Jarod.

Jarod :

— Oscar, je t'en supplie, reprend son dossier.

Il n'a rien fait, rencontre-le.

Parle-lui, je te promets qu'il est innocent.

Oscar :

— Je vais en parler avec ta sœur.

Et, si l'on accepte, je prendrai rendez-vous en parloir avec lui.

Nous discutons encore un peu puis il décide de retrouver ma sœur.

Moi, je vais au lit et je m'endors rapidement.

Personnage chapitre 4

Jarod Reyes

Wallace Cobb

Padraig Bakers

Yaacov Zirkovitch

Lionel Vargas

Takume Kondou

Chapitre 4

*J'en peux plus, le temps dans cette cellule ne passe pas.
Enfin, je n'ai pas de notion du temps plutôt.
Je ne sais pas si je sors bientôt.*

*Je n'ai pas revu Jarod, c'est un autre gardien qui m'a
amené le déjeuner et le repas du midi.
Est-ce qu'il m'évite parce qu'il m'a embrassé ?
Je n'ai rien demandé moi.
J'espère que ce n'est pas ça.
Il m'a dit qu'il ne me lâcherait pas.
Mais dois-je le croire ?*

*Je suis assis sur le lit, je me suis mis à l'aise sans
t-shirt.
Il est temps que je sorte d'ici, je remets tout en
question et ça devient vraiment horrible.*

*J'ai besoin de voir des gens, même si ce sont les
criminels qui veulent ma mort ou je ne sais quoi
d'autre de farfelues.*

Je veux juste ma cellule, mon lit, mes vêtements.
Oh putain, je rêve d'une douche bien chaude et de ma
console.
Putain que ça me manque mes soirées consoles.

D'ailleurs comment ça va se passer pour mon
appartement et mes affaires ?
Ho, merde je n'ai clairement pas pensé à ça.

En même temps, avec les évènements, comment
j'aurais pu ?
Tout a été tellement vite, je me suis fait arrêter et une
semaine après les procès d'urgences.
Et me voilà dans ma nouvelle maison, youpi !

La porte s'ouvre, je lève les yeux.
Mon regard croise le sien.
Je lui fais un sourire.

<u>Padraig :</u>
— Salut, c'est l'heure de me sortir ?

<u>Jarod (Gardien) :</u>
— Hey salut, non désolé.
J'ai pris mon poste y a 1 h.
Je voulais voir si tu allais bien.
Les gardiens ne t'ont rien fait ?

Padraig :

— Ça va.

Je remets tout en question entre ces murs…

Mais je vais bien, je pense.

Les gardiens ne m'ont même pas parlé.

Jarod (Gardien) :

— Ok, c'est super pour les gardiens.

Hier, j'ai prévenu qu'il n'avait pas intérêt à te toucher.

Il y en a un qui avait prévu de te faire certaines choses aux douches.

Fin voilà, tu n'as rien à craindre.

Padraig :

— D'accord, merci.

Jarod (Gardien) :

— Je peux te prendre dans mes bras ?

Je hoche la tête.
J'ai les joues en feu.
Il avance et me prend dans ses bras, je me laisse aller
dans cette étreinte apaisante.

Padraig :

— Merci d'être là, de me soutenir.

Jarod (Gardien) :

— C'est normal Padraig.

Je tiens vraiment à toi, c'est sûrement dingue vu qu'on ne se connait pas vraiment.

Mais je pense que j'ai eu le coup de foudre pour toi. Je ne veux pas te faire peur ou fuir, on prendra notre temps pour se découvrir.

Padraig :

— Je hmm… d'accord.

Je ne sais pas ce que je ressens, mais je sais que tu hantes mes pensées.

Que te voir et le meilleur moment de ma journée. Être dans tes bras, c'est comme le paradis pour moi, je suis en paix et je ne pense plus à rien d'autre que toi.

Jarod (Gardien) :

— Je n'ai pas beaucoup de temps, je suis désolé.

Padraig :

— Je comprends, tu travailles, c'est normal.

Jarod (Gardien) :

— J'ai parlé à mon beau-frère de ton dossier. Il va en discuter avec ma sœur et s'ils sont d'accord, il devrait prendre contact avec toi.

Padraig :

— Vraiment ?

Je n'ai pas les moyens de payer un avocat, tu sais…

Jarod (Gardien) :

— Ne t'inquiète pas, s'il le fait, tu ne paieras rien. Et j'espère qu'il va le faire.

Padraig :

— Merci pour tout ce que tu fais.

Jarod (Gardien) :

— Je dois y aller, je reviens te chercher pour la douche. On ne sera qu'à deux.

*Je rougis et détourne le regard.
Il quitte la cellule et je me remets sur le lit.
Je m'allonge et ferme les yeux.*

Quelques heures plus tard

La porte s'ouvre sur Jarod.

Jarod (Gardien) :

— Prêt pour une douche ?

Padraig :

— Putain ouais.

Je vais enfin pouvoir changer de fringue !

Jarod (Gardien) :

— Normalement non, mais t'as de la chance, je suis passé te chercher de quoi te changer.

Je ramènerai le linge sale et le nécessaire de toilette dans ta cellule ensuite.

Padraig :

— T'es génial.

Je le serre dans mes bras avant de me rendre compte de ce que je fais, je m'éloigne de lui et je baisse la tête en me mordant la lèvre.

Padraig :

— Hmm euh désolé, j'ai euh…

Il m'attrape et me serre dans ses bras et il me chuchote à l'oreille.

Jarod (Gardien) :

— Ne sois pas désolé, j'ai aimé ton câlin même s'il était un poil trop rapide.

Bon aller à la douche parce que tu fouettes un peu quand même.

Je lui tape l'épaule.

Padraig :
— C'est méchant ça.
Je te mets au défi de pourrir ici et de sentir bon.

Jarod (Gardien) :
— Non, c'est mort, je vais suinter la trans de partout.
Et honnêtement, je vais sentir deux fois plus que toi.

Padraig :
— Alors ne me dit pas que je pue !

On part vers la douche.
Il m'ouvre la porte et il me fait entrer.

Je rentre dans une cabine et je me lave.
Une fois lavé, je me rends compte que je n'ai pas pris les vêtements.

Merde !
Bah aller, je sors avec ma serviette.
Putain, elle est tellement petite, je ne peux même pas la passer autour de moi…
J'ai l'air chouette sérieux.

Je sors et je rencontre directement son regard qui me scrute, sa bouche est ouverte, mais il me mate sans sourciller.

Il finit par se mordre la lèvre.
Et pencher légèrement la tête.

<u>Jarod (Gardien) :</u>
— Waouh t'es euh magnifique, sexy, splendide…

<u>Padraig :</u>
— Stop, j'ai compris, merci.

<u>Jarod (Gardien) :</u>
— Désolé, je ne m'attendais pas à ça.
Tes vêtements ne te mettent pas autant en valeur que ce que je pensais finalement.

<u>Padraig :</u>
— Je te plais tant que ça ?

<u>Jarod (Gardien) :</u>
— Oh oui, je n'ai jamais désiré quelqu'un comme je te désire et j'ai jamais été attiré par un homme avant toi.

<u>Padraig :</u>
— Ho, c'est euh merci Jarod.

<u>Jarod (Gardien) :</u>
— Ne me remercie pas Padraig, c'est juste ce que je ressens. Je n'ai aucun contrôle.

<u>Padraig :</u>
— Je comprends, je ne contrôle pas trop non plus dès que je vois tes yeux.

<u>Jarod (Gardien) :</u>
— Je vais plus me contrôler tout cours si tu ne t'habilles pas un minimum.

<u>Padraig :</u>
— Oh désolé.

Je prends les vêtements et je me tourne.
J'enfile le boxer et le pantalon de jogging.

Jarod (Gardien) :

— T'es vraiment canon !

Padraig :

— Merci et moi, je n'ai pas le droit de me rincer l'œil ?

Jarod (Gardien) :

— Hmm.

Il se tourne et enlève son t-shirt.
Je regarde son dos, je suis impatient qu'il se tourne.
Il se retourne enfin.

J'ouvre grand les yeux.
Putain de bordel de merde !
J'ai envie de lui sauter dessus…
Je me mords la lèvre et le dévore du regard.

Padraig :

— Putain euh... t'es... la vache, t'es... j'ai même pas les mots.

Je te jure que je me retiens de te sauter dessus.

Jarod (Gardien) :

— Ne te retiens pas.

Si je me mets nu, tu me sautes dessus.

Padraig :

— Arrête tes conneries Jarod.

Il enlève son pantalon puis son boxer, il prend son t-shirt et se cache juste le sexe avec et il se tourne de nouveau vers moi.

Putain de merde !

*Le V dessiné, c'est trop, comment ne pas craquer...
Je m'approche de lui et je capture son regard.*

On se fixe un moment dans les yeux, puis on s'embrasse.

*Cette fois rien à voir avec tous les autres baisers.
Celui-ci est chargé d'envie, il est urgent.*

On s'embrasse pendant un petit moment, nos mains caressent le torse, le dos, la nuque et les cheveux de l'autre.

On ne va pas plus loin, je pense que malgré le désir, aucun de nous deux n'est prêt à franchir un cap comme celui-ci.

Après un moment, on se sépare, les lèvres gonflées par ses baisers remplis de promesses.
Il se rhabille et moi, j'enfile mon haut.

<u>Jarod (Gardien) :</u>
— Je dois te ramener en isolement.

<u>Padraig :</u>
— Hey ça va ?

<u>Jarod (Gardien) :</u>
— Je n'aime pas faire mon métier avec toi.

<u>Padraig :</u>
— Hé, je vais bien.
Ça va aller, je sors bientôt non ?

<u>Jarod (Gardien) :</u>
— Dans 1 h 30.

Padraig :

— Alors ça ira.

Ramène-moi et ne t'en fais pas d'accord ?

Jarod (Gardien) :

— Je vais essayer.

Padraig :

— Au fait, je peux te demander quelque chose ?

Jarod (Gardien) :

— Oui, évidemment.

Padraig :

— Tu as accès à nos affaires d'arrivée ?

Il fronce les sourcils et me répond.

Jarod (Gardien) :

— Ouais, je peux y avoir accès, pourquoi ?

Padraig :

— Tu peux récupérer mes clés d'appartement et allez récupérer mes affaires ?

Je vais tous perdre sinon.

Le loyer n'est pas par prélèvement et si le proprio veut le relouer, il va jeter tout ce que j'ai.

Jarod (Gardien) :

— Je n'ai pas le droit de prendre tes affaires.

Padraig :

— C'est pour les sauver.
J'ai ma console et tous mes jeux.
Il y en a pour une petite fortune.
Sauve juste sa pitié, Jarod.

Jarod (Gardien) :

— Raah ne me fait pas ce regard.

Padraig :

— S'te plaît !

Jarod (Gardien) :

— Putain, ouais, c'est bon, arrête ce regard
maintenant !

Je lui saute dans les bras, il me tient fermement contre
lui.
Puis sa main vient trouver la mienne.

Jarod (Gardien) :

— Tu vas me rendre fou…

Padraig :

— Je suis désolé, mais tu me sauves la vie.

Je lui embrasse la joue.
Il attrape ma tête et dépose ses lèvres sur les miennes.
Puis, il me chuchote.

Jarod (Gardien) :
— Je crois que je t'aime Padraig.

Padraig :
— Oh euh…

Jarod (Gardien) :
— Tu n'es pas obligé de répondre, je voulais juste te le dire. Allez, je t'amène à la cellule.
Je dois aller faire ma ronde.

Je hoche la tête.
On avance vers la cellule d'isolement.
Une fois devant la porte, il l'ouvre, prend mon sac des
mains et m'embrasse rapidement.

Jarod (Gardien) :
— Je reviens te sortir pour manger dans un peu plus d'une heure.
Bisous

Padraig :
— Euh ok, bisous.

Il referme la porte.

Pff, me revoilà seul dans cette maudite pièce…
Je tourne en rond ici.
Je m'assieds et je fixe le mur.

Il croit qu'il m'aime !
Putain, ça vient de monter dans mon cerveau.

Il ressent les mêmes choses que moi.
On se désire mutuellement.

Waouh qui l'aurait cru possible, arrêté pour un crime
que je n'ai pas commis, je me retrouve dans cette
prison et je le rencontre lui.

Le destin avait prévu ça pour que je le rencontre.
C'est tordu quand même, il aurait pu genre une
rencontre dans un café ou une boîte…

Destin à la con sérieux !
Je suis tout de même content de l'avoir rencontré.
C'est décidément ma seule lumière ici.

Mon estomac commence à crier famine…
Je pense que c'est bientôt l'heure.
Enfin, j'espère, j'ai faim !

♦♦♦

La porte s'ouvre.

Jarod (Gardien) :
— Aller, tu es libre !

Padraig :
— Enfin !

Jarod (Gardien) :
— Direction la cantine !

Je l'embrasse rapidement avant de sortir dans le couloir.

Il me regarde avec un sourire resplendissant.

Padraig :
— T'es magnifique !

Jarod (Gardien) :
— Merci, bon allez en route, mauvaise troupe !

Il me tape la fesse.

Padraig :
— Hey !

Jarod (Gardien) :

— Oups.

Padraig :

— Arrête ça, on va se faire remarquer.

Jarod (Gardien) :

— C'est vrai.

Il affiche un air impassible.
Putain que j'aimerais savoir faire ça moi.
On me lit tellement facilement, je suis un livre ouvert.
Je ne sais pas cacher mes émotions.

On arrive au réfectoire.
Jarod par de son côté et je vois directement ce con de
Russe venir.

Yaacov (Détenu) :

— Bah alors, ma mignonne, t'es enfin sorti !
Je vais pouvoir m'occuper de ton petit cul.

Il me fait un sourire carnassier.
Il dirige sa main vers mes fesses, je le pousse
violemment.

Padraig :

— Ne me touche pas connard !

Lionel, mon codétenu arrive, il me regarde
méchamment.
Ok, qu'est-ce que c'est que ce bordel !

Lionel (Détenu) :
— Ne touche pas au chef !

Padraig :
— Quoi ? Qu'est-ce que tu racontes Lio ?

Lionel (Détenu) :
— C'est Lionel pour toi.
Je te conseille de ne pas toucher au chef ou alors,
je devrais m'occuper de toi !
Je parle pas que de coup, on est dans la même
cellule n'oublie pas !

Padraig :
— Putain, t'es sérieux là !

Il me pousse.

Lionel (Détenu) :
— Respecte-moi !
Je suis désormais le bras droit de Yaacov.
Si Yaacov veut quelque chose, Yaacov l'a.

Padraig :
— Allez-vous faire foutre et dégager.

Le gardien arrive.

Cobb (Gardien) :
— Qu'est-ce qui se passe ici ?
À peine sorti de l'isolement que t'es déjà en train de faire des histoires 99-02-13.

Je secoue la tête.

Padraig :
— Évidemment, c'est moi qui prends.

Jarod (Gardien) :
— Wallace, qu'est-ce qui se passe ?

Cobb (Gardien) :
— Le détenu 99-02-13 fait déjà des histoires !

Jarod me regarde et je secoue la tête.

Jarod (Gardien) :
— Le russe prend ton homme et bouge de là.

Yaacov (Détenu) :
— On se revoit très vite chéri !

Padraig :
— Va te faire Yaacov !

Cobb (Gardien) :
— Ça suffit !
Va te chercher à manger ou je te fous en
isolement.

Je m'approche du visage du gardien Cobb et je le fixe.

Padraig :
— Je ne sais pas ce que tu as contre moi gardien
Cobb, mais au bout d'un moment, il faudra bien
arrêter.

Je me barre sous le regard choqué de Jarod.
Je prends mon plateau et je cherche une place sécurisée.
J'analyse toutes les tables.

D'un coup, un gars le fait signe de le rejoindre.
Je fronce les sourcils, il se lève et vient vers moi.

Détenu :

— Salut ! Viens avec moi.

Padraig :

— Euh ok.

Je le suis, on s'installe à table.

Détenu :

— Tu sais que tout le monde parle de toi 99-02-13.
Tu es devenu notre star !

Je fronce encore les sourcils.

Padraig :

— De quoi tu parles ?
D'ailleurs pourquoi tu connais mon numéro ?

Détenu :

— Tout le monde parle de toi depuis ta baston
avec Yaacov. Franchement, je t'admire, mec !
T'es le premier à oser se refuser à lui.
Enfin le premier nouveau. T'es ici pour quoi ?

Padraig :

— Meurtre prémédité.
Mais euh, c'est quoi ton nom ?

Détenu :

— Oh merde, pardon.

Il me tend la main, je lui serre.

Détenu :

— Takuma Kondou, tout le monde m'appelle par mon nom de famille ici, mais tu peux m'appeler Taku. J'ai du respect pour toi et si tu le souhaites, on reste ensemble et on se couvre.

Padraig :

— Enchanté Taku, je suis Padraig Bakers.
Ici tout le monde m'appelle par mon numéro,
mais tu peux choisir comment m'appeler.
Et je suis ok pour qu'on se protège le cul.
Je ne me sens clairement pas en sécurité.

Takuma (Détenu) :

— T'inquiète, Yaacov ne touche pas à ma bande.
Les Japonais sont bien mieux que les Russes.

Padraig :

— J'avoue. T'es ici pour quoi toi ?

Takuma (Détenu) :

— Oh euh trafic et vente d'arme illégale et recèle de drogue. Je ne suis pas un saint.

Padraig :

— C'est toujours mieux que meurtre.

Takuma (Détenu) :

— Ouais, c'est sûr, enfin euh… Je n'ai rien contre hein !

Padraig :

— T'as peur de moi ?

Takuma (Détenu) :

— Bah euh en un peu plus d'une semaine, tu as défoncé le chef de la prison et étais en isolement, ce n'est pas rassurant.

Padraig :

— J'ai pris 30 ans, je dois montrer directement que je ne serai pas la pute de quelqu'un, c'est tout.

Takuma (Détenu) :

— Putain 30 ans, woh abusé quand même !

Padraig :

— C'est comme ça.

On discute un moment et l'on mange.

Personnage chapitre 5

Jarod Reyes

Wallace Cobb

Padraig Bakers

Takuma Kondou

Chapitre 5

Point de vue : Padraig

Je suis toujours en train de parler au réfectoire avec Taku.

Cobb (Gardien) :
— Allez, débarrassez-moi votre bordel et allez dehors ou dans vos cellules !
On se dépêche !

Takuma (Détenu) :
— On va dehors ?

Padraig :
— Ouais, allez.

On débarrasse nos plateaux et nous allons dans la cour.
Il y a la zone avec les barres pour faire les tractions, mais c'est déjà occupé.

Takuma (Détenu) :

— Viens, on va là-bas, c'est le coin des Japs.

Padraig :

— Les Japs ?

Takuma (Détenu) :

— Je suis le chef des Japs c'est un gang de rue.
Bref, je suis ici dans Mon secteur de la cour.
Personne ne le franchit sans mon accord.
Si un gars attaque ici, c'est une déclaration de
guerre. Yaacov ne ferait pas le poids.

<u>Padraig</u> :

— Ok bah merci de me faire venir alors.

<u>Takuma (Détenu)</u> :

— De rien. Bienvenue chez nous !

Le temps libre passe vite, on doit retourner en cellule.
Je commence à flipper d'être enfermé avec Lionel.
Finalement, j'en viens à regretter la cellule
d'isolement.
Je rentre dans la cellule et m'installe dans mon lit.

<u>Cobb (Gardien)</u> :

— 99-02-13, tu as reçu une lettre aujourd'hui.

Il me tend ladite lettre, je la prends et l'ouvre.

Je n'ai personne alors qui pourrait m'écrire
franchement.

Je sors plusieurs feuilles.
Je commence à lire et je suis choqué.

C'est le courrier d'un avocat.

Il reprend mon affaire et va faire une demande de
repasser le procès.

Il me dit que les preuves ADN ne sont pas recevables
dans le dossier, car elles n'ont pas été retrouvées sur le
corps de la victime, mais, autour par biais de mégot et
autres objets...

Attendez, leur preuve ADN était des mégots !!!
Je ne fume pas.
Ça peut se voir ça en imagerie médicale non ?

L'avocat me dit qu'un rendez-vous au parloir a été
demandé que cela devrait être accordé rapidement.
Super, enfin des bonnes nouvelles.

Je m'allonge avec les sourires.
J'oublie un instant mes problèmes et j'imagine ma
liberté avant de me maudire.

Pourquoi est-ce que j'y crois à ce point sérieux !
Si ça ne fonctionne pas, je vais être au fond du trou,
plus rien ni personne ne pourra m'en sortir et me
relever.
Mais quel con !

C'est déjà trop tard, je ne pense plus cas une possible
sortie, ça va me tuer d'être ici…

D'un coup, je sens qu'on m'étrangle, je me débats et je
donne un coup bien placé.

Il me lâche et je cours et j'appuie sur le bouton
d'urgence, car oui dans chaque cellule un bouton et
mis à disposition pour les urgences.
On ne te le dit pas quand on te présente ta cellule.

Le bouton appuyé, je suis satisfait, jusqu'à ce que ce
connard revienne avec un couteau de fortune.

Je me défends et le bloque comme je peux.

Padraig :
— T'ES COMPLÈTEMENT MALADE PUTAIN
ARRÊTE !

Lionel (Détenu) :
— JE VAIS TE TUER !

Padraig :
— Argh.

Je tombe sur le sol, ce fils de pute vient de me planter
dans le ventre.
Ça fait un mal de chien.

Pendant ce temps du côté des gardiens.

Wallace Cobb :
— ALLEZ, BOUGEZ-VOUS LÀ !

Jarod Reyes :

— C'EST QUELLE CELLULE ?

Wallace Cobb :

— 304 Reyes !

Jarod Reyes :

— Merde ! GO, ON SE BOUGE !

Il se met à courir rapidement.

*Quand il arrive devant la cellule, la première chose
qu'il voit, c'est Padraig rempli de sang.*

Lionel (Détenu) :

— TU VAS CREVÉ OUI !

Il ouvre rapidement la cellule et frappe le détenu.

*Il a la rage l'homme qu'il aime et en sang…
Il frappe sans arrêter le détenu jusqu'à l'arrivée de son
collègue.*

Wallace Cobb :

— Arrête, Reyes c'est bon !

Il ignore et continue les différents coups en l'insultant de tous les noms possibles et imaginables.

Le gardien Cobb l'attrape par-derrière et le maîtrise.

Wallace Cobb :
— STOP REYES !
AIDE LE DÉTENU BLESSÉ, MAINTENANT !

Jarod Reyes :
— Merde, putain, Padraig !

Il se penche sur Padraig qui est à demi conscient.

Jarod Reyes :
— Hey, regarde-moi, garde tes yeux ouverts, on va aller à l'infirmerie.

Padraig :
— Argh, Ja…rod, aide…moi.

Jarod Reyes :
— Cobb amène ce fils de pute en isolement pour deux semaines.

<u>Wallace Cobb :</u>

— C'est une semaine, l'isolement pour agression de codétenu.

<u>Jarod Reyes :</u>

— PUTAIN COBB !
2 SEMAINES J'AI DIT.
DÉGAGE-MOI CETTE MERDE !

<u>Wallace Cobb :</u>

— C'est bon !
Allez, on y va, t'a gagné le droit à l'isolement.

Jarod regarde l'ampleur des blessures et il voit que Padraig a été poignardé deux fois au ventre, il a les bras remplis de coupure et le visage tuméfié.

<u>Jarod Reyes :</u>
— Putain, il ne t'a pas loupé ce fils de pute.

<u>Padraig :</u>
— Je sais, j'ai ess..ayer de te..nir bon.
Je sa..vais que tu vien..drais.
Je do..is te di..re au cas où Jar..od je t' ai..me.

Puis je perds connaissance.

♦♦♦

Point de vue : Jarod

Je le vois s'évanouir après m'avoir dit, je t'aime.
Je ne perds pas de temps et le soulève dans mes bras.
Je traverse les couloirs rapidement.
J'arrive à l'infirmerie et je crie.

Jarod :
— INFIRMIÈRE VITE !!!

Infirmière :
— J'arrive !

Elle arrive en courant.

Infirmière :
— Que se passe-t-il ?

Jarod :
— Détenu numéro 99-02-13, Padraig Bakers.
Poignardé deux fois au ventre et plusieurs
coupures aux bras et le torse.

Infirmière :

— Je vais avoir besoin de votre aide.

Désinfecter les coupures pendant que je m'occupe des plaies ouvertes et profondes.

Avec quoi a-t-il été planté ?

Jarod :

— Je ne sais pas, je n'ai pas regardé où se trouver l'arme…

Infirmière :

— Désinfecter avec ce produit-là !

Jarod :

— Ok euh, je lui enlève le T-shirt ?

Infirmière :

— Non, on coupe, le déplacer encore pourrait être dangereux.

Je prends les ciseaux et coupe sans scrupule le t-shirt.
S'il te plaît Padraig ne me laisse pas maintenant…

Je désinfecte consciencieusement chaque coupure que je vois, même les plus petites.

L'infirmière injecte du désinfectant avec une seringue
dans les plaies profondes.

Infirmière :
— Il a de la chance, aucun organe n'est touché.

Il a perdu malgré tout beaucoup de sang.

Je vais le recoudre et je vais regarder son dossier

pour savoir son groupe sanguin.

Jarod :
— D'accord.

Padraig (Détenu) :
— Hmm.

RAAAH !

Argh…

Jarod :
— Padraig ne bouge pas !

On est à l'infirmerie, on te soigne ok.

Padraig (Détenu) :
— Ok.

Infirmière :

— Gardien Reyes, il va falloir le tenir fermement à présent, je vais commencer à le recoudre.
Nous avons plus d'anesthésiant depuis deux semaines alors ce sera à vif.

Oh merde, le pauvre.
Ça va être une torture…

Jarod :

— Okay.

Je me place et maintiens le corps de Padraig en place.
Un collègue arrive et nous prête main-forte.
L'infirmière commence à le recoudre.

Padraig (Détenu) :

— AAAAH, putain…

Jarod :

— Tiens le coup, ça va aller…
Regarde-moi dans les yeux, Padraig pense à l'île, imagine là !

Il me fixe dans les yeux.
Une sorte de bulle intime se créer.

Il ne crie plus, mais je sais parfaitement quand elle
plante l'aiguille, sa mâchoire se serre tellement fort.

Une de mes mains le relâche et je lui caresse
tendrement la joue, plus rien ne compte à part lui.

Jarod :
— Ça va aller, je suis là et je ne te lâche pas.

Padraig (Détenu) :
— Je sais Jarod.
Je pensais ce que j'ai dit avant de m'évanouir.

Un petit sourire né malgré moi sur mes lèvres.
Alors, je n'ai pas rêvé !

Il m'a dit qu'il m'aimait…

Jarod :
— D'accord, on en reparlera.
Pour le moment, on te soigne mon beau.

Padraig (Détenu) :

— Oui. Argh ça fait bien mal quand même.

Jarod :

— C'est bientôt fini.

Holiegue encore combien de temps ?

Infirmière Holiegue :

— Deux minutes, il me reste 3 points à faire.

Jarod :

— Tu vois plus que 3 points et ensuite, tu auras des antibiotiques et des antidouleurs.

Padraig (Détenu) :

— Super, j'ai hâte.

Jarod :

— Je vais voir pour te faire changer de cellule rapidement.

J'ai envoyé l'autre deux semaines en isolement.

Padraig (Détenu) :

— J'ai entendu ouais.

Infirmière Holiegue :

— Et voilà, vous pouvez le lâcher, Messieurs.
Merci pour votre aide.

Mon collègue lâche Padraig et quitte l'infirmerie.
J'ai toujours une main sur sa joue.

Infirmière Holiegue :

— Je vais voir le dossier du détenu, je reviens.

Elle quitte la pièce pour aller dans celle d'à côté.

Jarod :

— Je t'aime, j'ai eu tellement peur.

Padraig (Détenu) :

— Je t'aime aussi, j'ai cru mourir, ça m'a fait
comprendre que je t'aime vraiment.
J'ai pensé à toi dès qu'il m'a étranglé…

Jarod :

— C'est fini, il te touchera plus.

Je l'embrasse doucement.
Il répond à mon baiser avec beaucoup de tendresse.

L'infirmière revient, on se sépare, mais elle nous a vus.

Infirmière Holiegue :
— Oh euh…

Bon pour le groupe sanguin, vous le connaissez ?

Il n'est pas mentionné dans votre dossier.

Padraig (Détenu) :
— AB négatif.

Infirmière Holiegue :
— Oh, c'est un groupe assez rare.

Je vais regarder si j'ai de quoi vous transfuser.

Elle fouille et secoue la tête.

Infirmière Holiegue :
— Gardien Reyes, connaissez-vous votre groupe sanguin ?

Jarod :
— O négatif pourquoi ?

Infirmière Holiegue :

— Je n'ai rien en réserve pour une transfusion.
Il va en avoir besoin d'urgence ou son état va se dégrader rapidement.

Jarod :

— Je peux faire le tour des Prisonniers pour trouver un donneur clean si besoin.
Je suis prêt à tout.

Infirmière Holiegue :

— Pas besoin, vous êtes là.
Avec votre groupe, vous êtes donneur universel.

Jarod :

— C'est vrai ?

Infirmière Holiegue :

— Oui, donc êtes-vous clean ?
Pas de maladie transmissible ou autre à signaler ?

Jarod :

— Aucun problème de santé, jamais drogué et non fumeur.

Infirmière Holiegue :

— Parfait et vous avez vous une maladie transmissible ?

Padraig (Détenu) :

— Non, je suis clean, jamais de drogue ou fumé.

Infirmière Holiegue :

— Parfait, je vais faire une transfusion en intra, directement.

Jarod :

— Ce qui veut dire ?

Infirmière Holiegue :

— Oh désolée. Je vais vous installer près de lui et je vais vous brancher avec ça.
Votre sang va passer là pour aller directement dans son corps. Il sera vite remis sur pied.
Suite à la transfusion, il est possible que vous ayez des vertiges.
Un repos sera nécessaire et surtout mangé.

Jarod :

— Ça marche.

Padraig (Détenu) :

— Je dois faire quelque chose moi ?

Infirmière Holiegue :

— Vous reposez, je vais vous injecter les antibiotiques et les antidouleurs.
Je vous les fais en intra, ça agira très vite.

Padraig (Détenu) :

— D'accord.

Elle lui injecte les produits et ensuite, elle m'installe pour la transfusion…
Quelques minutes plus tard, elle enlève le tout.

Infirmière Holiegue :

— Voilà. Maintenez une pression sur le pansement pour éviter un gros hématome.

Jarod :

— Vous avez des crèmes pour les hématomes ?

Infirmière Holiegue :

— Non, le directeur a refusé de me les fournir…

Je regarde Padraig, il dort profondément.

Infirmière Holiegue :

— Allez-vous chercher à manger en salle de
pause. Il ne va pas se réveiller de sitôt.

Je hoche la tête et je pars en salle de pause.
Je me prends un café et je pioche dans les biscuits.

Wallace Cobb :

— Hé, Reyes, alors comment va le détenu
99-02-13 ?

Jarod Reyes :

— Il s'appelle Padraig, Wallace et il va s'en sortir,
on a dû lui faire une transfusion.
Il n'y avait pas de poches de sang pour lui, donc
je lui ai donné le mien.

Wallace Cobb :

— Tu es trop attaché à ce détenu…
Tu dois prendre tes distances où il va te bouffer.

Jarod Reyes :

Je ne peux pas. Je l'ai… non rien, ne laisse tomber.

Wallace Cobb :

— Qu'est-ce que tu allais dire Reyes ?

Jarod Reyes :

— Rien, laisse tomber !

Wallace Cobb :

— Écoute depuis que je te connais, tu n'as jamais été proche d'un détenu et là, tu donnes carrément ton sang ! Qu'est-ce que tu fous Reyes ?

Jarod Reyes :

— Je l'aime bordel, je le protégerai et le sauverai à chaque fois, c'est clair là !

Il secoue la tête et quitte la pièce.
Merde, fais chier !

Je sors rapidement et le vois aller vers le bureau du directeur, je sprinte.

Jarod Reyes :

— Cobb !!!
Qu'est-ce que tu fous ?

Wallace Cobb :

— Je vais signaler au directeur que tu dois
changer de secteur.
Tu ne peux pas t'occuper du secteur où se trouve
ce gars, tu vas faire n'importe quoi et tu seras
viré !

Jarod Reyes :

— Putain Cobb arrête !!!
C'est ma vie ok, laisse-moi gérer et ne dis rien.
Je t'en supplie !

Il réfléchit pendant un moment.

Jarod Reyes :

— Tu te rappelles quand tu avais une liaison avec
le détenu de la 108, tu allais le retrouver durant
ton service dans sa cellule.
Qui t'a couvert le cul auprès du patron ?

Wallace Cobb :

— Pff, c'est bon, tu as gagné !
Je garde l'info et je te couvre en cas de besoin.
Mais fais gaffe.

Je m'avance vers lui et je lui fais une accolade rapide.

Jarod Reyes :
— Merci mon pote !

Wallace Cobb :
— Ouais de rien.

Je retourne en salle de pause pour finir mon en-cas.
Je fais ensuite ma ronde et il est déjà l'heure de rentrer.

Je passe à l'infirmerie, voir Padraig.
Il dort encore profondément.

Je lui fais un bisou sur le front.
L'infirmière me dit que l'infirmier de nuit veillera sur lui.

Je quitte le boulot et je vais directement me coucher.

Personnage chapitre 6

Jarod Reyes

Wallace Cobb

Oscar Torres

Padraig Bakers   Takuma Kondou

Chapitre 6

Point de vue : Padraig

Voilà une semaine que je suis à l'infirmerie.
Tout se passe bien, Jarod me rend visite souvent, j'ai eu
un courrier de mon avocat, un parloir est prévu cette
semaine.

Il a été prévenu de mon agression et va s'en servir
pendant le procès.
Des photos ont été prises pour servir de preuve.

Enfin, j'ai hâte de pouvoir discuter avec mon avocat.

L'infirmière discute beaucoup avec moi.
On sympathise.
C'est une femme vraiment bien.

Hier, un autre détenu a été amené suite à une bagarre
dans la cour, il était désagréable, un truc de fou.
L'infirmière l'a vite renvoyé dans sa cellule.

*Notre Cher Yaacov a essayé plusieurs fois de venir
durant la semaine.
L'entrée lui était refusée.
Il a été jusqu'à se faire une entaille dans les bras.*

*L'infirmière lui a fait les points et l'a renvoyé, il a
essayé de négocier, mais elle n'a pas lâché.
Le gardien a dû s'énerver pour faire sortir Yaacov.*

♦♦♦

*Ça fait maintenant une semaine et quatre jours que je
suis ici dans ce lit.
Jarod m'a confirmé que je changerais de codétenu en
sortant, je change de cellule.*

*Il a déjà déplacé mes affaires dans ma nouvelle cellule,
je serai dans la 206, le 3ᵉ étant plein.
Le directeur a accepté directement.
Ma vie est en jeu alors, il n'y a pas eu de négociation.*

*Ho oui, j'ai une bonne nouvelle, c'est aujourd'hui que
je quitte l'infirmerie et je sors à l'heure de mon parloir
privé avec mon avocat.*

Je suis tellement pressé, je ne sais pas l'heure du
parloir.
Jarod viendra me chercher, c'est tout ce que je sais.

Je viens de finir de manger, il est 13 h 30.

Je ne suis plus sous antibiotiques, mais j'ai des
antidouleurs oraux à prendre pendant mon repas.
Je n'ai pas eu d'infections.
Les douleurs sont supportables, mais à la longue non
donc je prends les cachets sans rechigner.

J'ai de la lecture grâce à l'infirmière, Samantha.

Et oui, on a fait connaissance et je connais son prénom.
On s'appelle par nos prénoms quand il n'y a pas de
gardiens sauf quand c'est Jarod évidemment.

Je lis le livre qu'elle m'a amené hier.

Je l'ai presque fini, encore deux pages et j'aurais la
conclusion de « L'amour de l'âme ».

Ce n'est pas mon genre de lecture habituelle, mais
franchement, j'aime bien.
Je finis tout juste l'histoire quand la porte s'ouvre.

Jarod (Gardien) :

— Coucou toi !

Padraig :

— Oh salut, pile-poil quand je finis ma lecture.

Jarod (Gardien) :

— Bah parfait, allez, c'est l'heure de ton parloir.

Padraig :

— Hmm, je n'ai pas d'attention particulière
aujourd'hui.

Jarod (Gardien) :

— Viens là.

Il m'ouvre ses bras et je m'y engouffre rapidement.
Je mets ma tête dans son cou et lui dépose des petits
baisers.
Depuis que je suis à l'infirmerie, on s'est beaucoup
rapproché.

On s'embrasse et il me fait sortir, je crie un au revoir à
Samantha.

On se dirige vers les parloirs, donc on traverse la
prison dans le hall, Taku vient vers moi avec le sourire.

Takuma (Détenu) :
— Hey, tu vas mieux mon pote !
On était inquiet pour toi avec la bande.

Padraig :
— Salut, Taku t'inquiète, je serai rapidement
comme neuf. Il me reste encore les fils, mais j'ai
déjà bien cicatrisé.

Takuma (Détenu) :
— Super, j'en suis ravie, tu rejoins les cellules
quand ?

Padraig :
— Aujourd'hui.

Jarod (Gardien) :
— Padraig, on doit partir pour ton parloir.

Padraig :

— Ho, désolé Taku, on se parle après le parloir.

Takuma (Détenu) :

— Pas de soucis, à plus Raig !

Jarod me met une main dans le dos et me fait avancer.

Padraig :

— T'es pas obligé de me tenir, j'vais pas m'enfuir.

Jarod (Gardien) :

— Je sais oui, j'en ai envie, c'est tout.
Tu fais partie de la bande des Yakuzas ?

Padraig :

— C'est quoi ça encore ?
Je suis juste pote avec Taku et je traîne avec sa
bande, les Japs.

Jarod (Gardien) :

— Ouais, c'est ce que je dis, tu traînes avec les
Yakuzas. Leurs bandes et rattaché à la mafia
japonaise. Les Japs sont les trafiquants d'arme et
de drogue.

Padraig :

— Ha, donc c'est mal d'être avec eux, je suppose.

Jarod (Gardien) :

— Pas vraiment, ils te protégeront du Russe.
Reste avec eux, en plus les Japs ne font pas
d'histoire et pour des mafieux, c'est rare.

Padraig :

— D'accord.

On arrive devant une porte, il me stoppe.

Jarod (Gardien) :

— On y est, je dois rester dans la pièce toute la
durée du parloir, ok.

Padraig :

— Ok.

Il ouvre la porte et me fait entrer.
Un homme se lève et se présente.

Avocat :
— Monsieur Bakers, ravie de vous rencontrer.
Je suis Maître Oscar Torres, votre avocat.

Padraig :
— Bonjour maître, je suis ravi de vous voir enfin.

Maître Torres :
— Gardien Reyes, bonjour.

Jarod (Gardien) :
— Pff, t'es con, salut le beauf !

Maître Torres :
— Ça va ?

Jarod (Gardien) :

— Je suis content que tu aies accepté son dossier.
Bon, je dois me comporter en gardien maintenant.
On sait jamais qui surveille les vidéos de
surveillance.

*Il se place derrière son beau-frère en position de
gardien, appuyer contre le mur, les bras croisés et il me
regarde.*

Maître Torres :

— Bon, commençons.
Alors, j'ai revu tout le dossier et comme je vous ai
dit, les preuves ADN sont pour moi irrecevables,
des mégots retrouvés ne sont pas une preuve de
crime.

Padraig :

— Justement au sujet des mégots, comment mon
ADN se retrouve sur des mégots ?
Je ne suis pas fumeur et je n'ai jamais fumé.

Maître Torres :

— Vraiment ?

Padraig :

— Oui.

Maître Torres :

— C'est super ça.

Je vais essayer de vous avoir un rendez-vous pour confirmer cela par imagerie médicale des poumons.

Une fois les résultats, je demanderais à faire repasser le dossier au tribunal.

Padraig :

— Sur quel autre objet y avait-il mon ADN ?

On ne m'a pas informé, j'ai rencontré mon avocat juste avant le procès et il ne m'a rien dit sauf de dire que j'étais coupable.

Maître Torres :

— Quoi, mais c'est du n'importe quoi !

De la vaisselle cassée type verre et assiette ont été retrouvés près du corps, vos empreintes étaient dessus.

<u>Padraig :</u>

— Oh, j'ai mis aux ordures des assiettes et des verres que je n'utilisai pas environ trois semaines avant mon arrestation.

Le local poubelle ne ferme plus depuis des mois.

<u>Maître Torres :</u>

— Pour moi l'affaire et toute classée, vous avez été piégé pour un crime commis par un autre.

Je vais faire le nécessaire et on se revoit quand j'ai les résultats de vos imageries médicales.

<u>Padraig :</u>

— D'accord, merci maître.

<u>Maître Torres :</u>

— On gagnera votre liberté rapidement et si le juge n'est pas trop con, un dédommagement pourrait être accepté pour ce que vous avez subi ici.

<u>Padraig :</u>

— Je demande juste la liberté.

Le reste, honnêtement, je m'en fous tant que je quitte la prison.

Maître Torres :

— On va faire le nécessaire pour en tout cas.
Je vous souhaite un bon courage pour la suite.
On se revoit très vite.

*Il me serre la main avec un sourire, puis il range tout
le dossier et salut Jarod.*

Maître Torres :
— On s'appelle Jarod.

Jarod (Gardien) :
— Ouais, sans fautes. Merci encore.

Il quitte le parloir, Jarod vient vers moi.

Jarod (Gardien) :
— Voilà, tu as rencontré le mari de ma sœur.

Padraig :
— Oui.

Jarod (Gardien) :
— Allez, je t'emmène dans ta nouvelle cellule.
Tu as retenu le numéro ?

Padraig :

— Hmm, la 206, non ?

Jarod (Gardien) :

— Oui.

Il nous fait sortir du parloir et il me tire vers lui.
Il me tient les joues, je fais de même.
Il pose son front contre le mien.

Je plonge dans son regard océan magnifique.

Je craque chaque fois que mes yeux rencontrent les
siens, je dépose un baiser sur ses lèvres.
Il entrouvre ses lèvres, je glisse ma langue
immédiatement.

On profite de se baiser interdit dans les couloirs
vides…
Jusqu'à ce qu'un raclement de gorge nous sépare.

Je baisse la tête, n'étant clairement pas prêt à affronter
quelqu'un.

Cobb (Gardien) :

— Vous avez de la chance que ce soit juste moi Reyes. Vous devez être plus discret bon sang !

Padraig :

— Euh, tu ne vas rien dire ?

Jarod (Gardien) :

— Non, il est au courant Raig.

Padraig :

— Oh d'accord.

Jarod (Gardien) :

— Il m'en doit une, disons que j'ai protégé une de ses histoires avec un détenu et je l'ai couvert plus d'une fois.

Cobb (Gardien) :

— Et j'en suis conscient, mais vous deux là ici, NON. Ce n'est pas l'endroit trouvé vous dans les douches, dans la cellule quand il n'y a personne, mais pas ici, merde !

Padraig :

— Désolé.

Jarod (Gardien) :

— On fête juste une bonne nouvelle.

Cobb (Gardien) :

— Et quoi ?

Jarod (Gardien) :

— Son avocat va faire une demande de
réouverture pour refaire le procès et il va annuler
les preuves contre lui.

Cobb (Gardien) :

— Alors t'es vraiment innocent ?

Padraig :

— Bah euh ouais. Je tue même pas les mouches.

Cobb (Gardien) :

— Pourtant, tu t'es défendu face au Russe !
Respect, tu n'as pas froid aux yeux.

Padraig :

— Bah, je dois bien me faire respecter sinon je crève rapidement ici.

Jarod (Gardien) :

— C'est vrai, la loi de la prison est spéciale.

Cobb (Gardien) :

— Bon, je vais faire la ronde, tu me retrouves en salle de pause.

On ira faire la ronde à deux pour les isoler.

Jarod (Gardien) :

— Ça marche, j'amène Raig dans sa nouvelle cellule et je vais en salle de pause.

Cobb (Gardien) :

— Attention à toi Padraig.

Le russe t'a dans son viseur.

Padraig :

— Je le sais que trop bien, mais merci !

Il part et nous allons au deuxième étage.
Une fois arrivé devant la 206, je suis surpris.

Padraig :

— Sérieux ?

Jarod (Gardien) :

— Ouais.

Je ne pensais pas que j'aurais une surprise de ce genre.

Jarod m'embrasse rapidement, me dit qu'il repasse me voir tout à l'heure et il part.

Je le regarde partir.

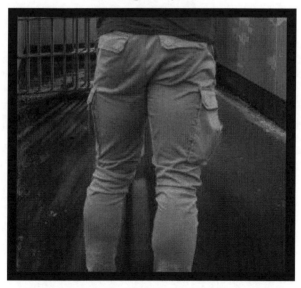

Putain, il a vraiment un cul à tomber !

Personnage chapitre 7

Jarod Reyes

Padraig Bakers

Takuma Kondou

Chapitre 7

Point de vue : Padraig

Je viens de découvrir une bonne surprise en découvrant la cellule 206.
Comment Jarod a réussi à faire ça ?

Bon, ne vous méprenez pas, la cellule est aussi dégueulasse que les autres…
Elle a la même sale gueule, mais il y a qu'un seul lit donc je suis en solo, mais le meilleur, c'est que j'ai ma TV et ma console.

Il a vraiment été chez moi comme je lui avais demandé.
Là, c'est sûr, je l'aime cet homme, c'est la perfection !

Je regarde dans mon armoire et je remarque que je n'ai plus mon linge sale.
Où est-ce qu'il est passé !?

J'allais profiter de mon évier pour le laver…

Je ne sais pas quelle heure il est.
Dans la 304, j'avais l'heure au mur, sûrement Lionel qui l'avait mis.

Je vais allumer la console et je serai l'heure, je l'ai toujours laissé à l'heure.

Putain, j'ai ma console, mon bien le plus précieux. Bon par contre, je vais devoir lui trouver un emplacement discret.
Je n'ai pas trop envie qu'un de ces connards se serve dans mon petit chez-moi.

Je vois une sorte de placard avec un cadenas. Hmm super, j'ai pas la clé…

Je continue mon exploration et je regarde la TV. 17 h 20, dans 1 h 10, c'est la cantine. J'ai encore un peu de temps. Je m'allonge après mon inspection sur le lit.

Pas de clé… Putain Jarod !

Me laisser avec un placard cadenassé sans clé, t'es con !?

Ça me travaille, je ne pense qu'à ce qui peut s'y trouver… Je suis sûr que c'est un truc bien ou peut-être c'est vide… Arf

Pourquoi, je me prends la tête pour un stupide placard…

C'est tellement ennuyant la prison !!!
Me voilà limite à espérer que ce placard soit une porte
secrète.

Je deviens fou, une porte secrète, n'importe quoi !

C'est vraiment devenu n'importe quoi dans ma tête.
Je passe mes mains sous l'oreiller pour enfoncer ma
tête dedans.
Ma main touche un truc…

Je tâte avec les doigts et je fais un saut hors du lit.
Mais oui putain, je suis un idiot !
La clé est sous l'oreiller.

Je fonce au cadenas, prêt à découvrir ce qui s'y trouve.
J'ouvre le placard.

Padraig :
— Wooh putain super !

Des bruits me font me retourner.

Jarod (Gardien) :
— Alors, tu aimes ?

Je lui saute dessus.
Il me sourit et il m'embrasse.

147

Padraig :

— Merci, Jarod, tu es allé chez moi alors…

Jarod (Gardien) :

— Oui, je te l'avais dit.

J'ai déposé tes meubles dans mon garage et j'ai pris tout ce qui était à toi.

J'ai pensé que ta petite TV et ta console te seront utiles ici.

Padraig :

— Oui, grave.

Quand t'es pas là, je vais m'occuper à jouer.

Merci pour mon appart.

Du coup, tu as encore les clés ?

Jarod (Gardien) :

— Non, je l'ai rendu dans la semaine.

Il attendait la visite d'un de tes proches, car il a vu le verdict. Tes voisins étaient horrifiés et ont demandé à ce que tu ne restes pas.

Padraig :

— Pff pas grave.

Je trouverais bien quelque chose en sortant d'ici.

Jarod (Gardien) :

— Tu as trouvé facilement la clé de l'armoire ?

Padraig :

— Non !

Je viens juste de la trouver, j'ai fouillé partout…
D'ailleurs, il est où mon linge sale ?

Jarod (Gardien) :

— Euh, j'ai tout amené pour le laver et je t'ai remis
d'autres choses propres qui sont acceptées ici.

Je le prends dans mes bras et je l'embrasse.

Padraig :

— Et tu m'expliques ce placard-là !

Jarod (Gardien) :

— Bah, je me suis dit qu'il fallait pouvoir ranger
la TV et la console à l'abri quand la cellule est
ouverte.

Le bas du placard et parfait pour ça et les jeux
sont rangés juste au-dessus.

En haut, je t'ai mis des petites cochonneries à
grignoter.

Ça vaut de l'or ici, alors n'hésite pas à faire ton
petit trafic pour obtenir ce que tu veux.

Padraig :

— Ça peut servir pour ma sécurité ?

<u>Jarod (Gardien)</u> :
— Clairement oui, tu peux.
Propose deux ou trois trucs à un gros bras et il te mangera dans la main.

<u>Padraig</u> :
— Super merci alors.

<u>Jarod (Gardien)</u> :
— Je te réapprovisionne mardi prochain pour les Snacks en même temps que je rapporte ton linge.

<u>Padraig</u> :
— Tu ne risques rien ?

<u>Jarod (Gardien)</u> :
— Non t'inquiète pas.

<u>Padraig</u> :
— Ne fais rien de dangereux pour toi.

<u>Jarod (Gardien)</u> :
— Promis. Ne t'inquiète pas pour moi.
Pense juste à ta survie ici.
Bientôt, j'espère que tu sortiras.

<u>Padraig</u> :
— J'espère aussi.

Jarod (Gardien) :

— Je t'aime Raig.

J'aime quand il me le dit, je me mets dans ses bras et il
avance vers le lit.

Il nous installe allongé côte à côte.
Il me fait plein de bisous humides sur le visage.

Putain, je suis sûr que je l'aime !
Tout mon être le réclame.

Padraig :

— Jarod ?

Jarod (Gardien) :

— Oui.

Padraig :

— Est-ce que tu imagines un avenir pour nous ?

Jarod (Gardien) :

— Oui, évidemment !
Dès que tu sors d'ici, hmm déjà, je vais t'emmener
rencontrer ma sœur et ensuite, on ira sur une île
ensemble. Tu sais avec l'eau comme mes yeux,
juste parce que c'est ce genre d'endroit qui te fait
rêver ici, alors on ira.

Padraig :

— Et on sera quoi « des Amis » ?

Jarod (Gardien) :

— Non, enfin, je n'espère pas.
Si tu veux bien, j'aimerais être en couple avec toi.
Je t'aime et je sais que bah, je te veux près de moi.
Donc si tu veux de moi dit le moi et si tu veux pas
alors Ami ça m'ira.

Padraig :

— Tu te vois en couple avec moi avant ma
possible sortie ?

Jarod (Gardien) :

— Tu parles par rapport au fait que je suis
gardien et toi enfermer ?

Padraig :

— Moi prisonnier et toi gardien, c'est clairement
une histoire interdite non.

Jarod (Gardien) :

— Je sais bien, mais je t'aime et moi, je suis prêt.
Même si j'en perds mon taf, tant que tu es là, je
me fiche du reste.

Padraig :

— Si tu perds ton taf et que je ne sors pas,
comment on fait ?

Jarod (Gardien) :

— Raig, tu te poses trop de questions.
On ne connaît pas l'avenir et c'est pour cette
raison que je vis l'instant présent.
Je t'aime et je suis prêt à être officiellement avec
toi. Et toi ?

Padraig :

— Je t'aime, tu le sais.
Je ne veux pas que tu perdes ton travail par ma
faute.

Jarod (Gardien) :

— C'est mon choix, Raig.
Ce ne sera pas ta faute si ça arrive.

Padraig :

— Je t'aime Rod.

Jarod (Gardien) :

— Rod, j'ai le droit à un surnom.
Enfin !!!

Padraig :

— Je veux qu'on essaie, mais on reste discret.
J'ai besoin de toi, ici !
Ok ?

*Il resserre ses bras autour de moi et il mordille mon
cou.*

Jarod (Gardien) :

— Merci de nous laisser une chance.
Je t'aime Raig et on fera attention, promis.

Padraig :

— Moi aussi, Rod.
Allez, file travailler là !

Jarod (Gardien) :

— Je passe te voir dans la cour après le repas.

Padraig :

— Ça marche.

*Il m'embrasse, se lève et quitte ma cellule.
Je reste allongé à réfléchir.
Alors, je suis en couple maintenant…
Avec un gardien de prison et je suis son prisonnier.
C'est marrant, enfin non, c'est risqué.
Putain !*

◆◆◆

L'heure de la cantine est enfin arrivée.
Je me dirige donc vers celle-ci, sur le chemin, je croise
Taku.

Padraig :
— Hey, ça va mec ?

Takuma (Détenu) :
— Bien et toi ?
Pas trop mal ?

Padraig :
— Non, ça va.
Je suis dans la cellule 206 désormais.

Takuma (Détenu) :
— C'est vrai ?

Padraig :
— Ouais, et je suis seul en plus.

Takuma (Détenu) :
— Le pied total !
Je suis dans la 207, du coup, on est voisin mon
pote hahaha !

Padraig :

— Non sérieux ?

Takuma (Détenu) :

— Ouais !

Padraig :

— Mais il y avait qui avant ?

Takuma (Détenu) :

— Un vieux machin, il a été hospitalisé le gars et en fin de vie.

Padraig :

— Ho, c'est triste.

Takuma (Détenu) :

— Mouais, moi, je m'en fous tant que je suis vivant.

Padraig :

— T'es con.

On mange tranquillement, on va dans la cour et je lui parle de mes snacks.

Il me montre les gars avec qui faire les meilleurs deals. Puis je parle avec Rod rapidement.

On rejoint ensuite nos cellules avec Taku.

Takuma (Détenu) :
— Hé !

Padraig :
— Quoi ?

Takuma (Détenu) :
— Fait gaffe avec ton gardien, mon pote.
Si Yaacov se rend compte que le gardien et toi ça
colle bien, il va le faire éliminer.

Padraig :
— Merci de me prévenir Taku.

Takuma (Détenu) :
— De rien. Allez, on se verra demain.

Il rentre dans sa cellule.
Je rentre dans la mienne et les portes se verrouillent.

◆◆◆

Quelques jours plus tard

Le gardien Cobb m'a amené mon courrier dans la semaine et maître Torres m'a prévenu qu'il avait réussi à avoir un rendez-vous médical pour faire les clichés de mes poumons.

C'est aujourd'hui le rendez-vous.

Je viens d'être emmené par des gardiens de haute sécurité, menotte au poignet et chaîne aux chevilles. J'ai l'air d'un dangereux criminel comme ça franchement.

Les gardiens font flipper honnêtement, je pense qu'ils font plus peur que moi.

Hahaha !

Nous arrivons à l'hôpital.
Un gardien rentre et je reste en extérieur avec l'autre.

Gardien de haute sécurité :
— Fait pas de vague là-dedans, on a l'autorisation de te défoncer si tu fais le moindre truc suspect, c'est clair ?

Padraig :
— Très clair.

L'autre gardien revient et fait un signe.

Gardien de haute sécurité :
— Allez avance !

*Je fais ce qu'on me dit, on rentre et les gens me
dévisagent, je n'aime vraiment pas cette ambiance.*

*J'ai l'impression d'être horrible, les gens me regardent
avec haine, mépris…*

*Ils ne me connaissent même pas et ils me jugent, juste
parce que je suis menotté !
La mentalité des gens me met hors de moi.*

*On arrive dans une salle d'attente, les gardes me font
asseoir et ils se placent de chaque côté.*

*En face de moi, un gars me regarde méchamment.
Je prends sur moi, mais après cinq minutes, j'en peux
plus.*

Padraig :
— Putain, tu as un problème toi !
Arrête de me regarder comme ça connard.

Gardien de haute sécurité :
— Ferme-la ou je te fais taire !

Padraig :

— Pff.

Ça m'énerve putain !

Après 10 minutes, un médecin prononce mon nom.
Les gardes me tirent dans la pièce.

Docteur :

— Bonjour, Monsieur Bakers, je suis le Docteur Rotichot. Pourquoi passez-vous cet examen ?

Padraig :

— Bonjour Docteur. C'est pour prouver que je n'ai jamais fumé pour le procès.

Docteur Rotichot :

— Oh très bien. Messieurs, pour passer dans la salle d'examen, vous devez lui enlever tout ça là !

Gardien de haute sécurité :

— Impossible, il est dangereux !

Padraig :

— Pff, je ne suis pas dangereux.
Laisse-moi passer mon examen, enlève-moi cette merde…

PAF

Padraig :
— Arg, putain !
Appelez mon avocat maître Torres, c'est lui qui a
fait les démarches pour cet examen.
Je ne suis pas dangereux, il peut le confirmer.

Gardien de haute sécurité :
— Garry appelle le directeur et demande-lui si
l'on a l'autorisation de le détacher.

Docteur Rotichot :
— Nous passons dans la salle d'examen à côté, je
vais vous soigner le visage, Monsieur Bakers.

Gardien de haute sécurité :
— Il n'en a pas besoin !

Docteur Rotichot :
— Monsieur, ici, c'est ma salle !
Je commande, Monsieur Bakers est mon patient.
Alors, je vais le soigner !

Nous allons dans la pièce à côté.

Le médecin me soigne.

Quelques minutes plus tard, l'autorisation de m'enlever mes entraves a été accordée, je passe l'examen radiographique.

Docteur Rotichot :

— Monsieur Bakers s'est fait.
Donc sur les images, nous voyons bien que vos poumons sont sains.

Padraig :

— Super, merci Docteur.

Nous quittons l'hôpital après avoir fait parvenir les résultats à mon avocat.

Une fois arrivé à la prison, je retourne dans ma cellule.

Personnage chapitre 8

Jarod Reyes

Wallace Cobb

Oscar Torres

Padraig Bakers

Takuma Kondou

Chapitre 8

Point de vue : Padraig

Ça fait maintenant trois mois que je suis ici.
Le temps passe lentement, mais en même temps trop vite !

Je suis ici depuis déjà trois putain de mois !
J'ai perdu trois mois de ma vie…

Mais enfermé dans ces murs…
Seulement trois mois, j'ai l'impression d'être ici depuis une éternité !

J'ai été pris dans plusieurs bagarres, je ne me laisse toujours pas faire.

Yaacov et Lionel en ont toujours après moi.
D'ailleurs, je l'ai échappé belle il y a deux semaines aux douches.

Taku a réussi à ramener Gardien Cobb et Jarod rapidement.

Yaacov et Lionel m'ont bloqué dans les douches, ils avaient payé le gardien de garde de douche pour faire ce qu'ils veulent.

Lionel a sorti un couteau et Yaacov m'a mis à poil. J'ai donné de bons coups de poing, je me suis évidemment pris encore un coup de couteau, mais dans le haut du bras cette fois.

Quand Jarod et Cobb sont arrivés, ces chiens m'avaient maîtrisé, j'étais plaqué au sol et Yaacov s'apprêter à me violer.

J'y ai échappé de peu. Jarod a remercié 10 000 fois Taku, je vous jure.

Bref, c'est le plus gros événement qu'il y a eu en trois mois ici.

◆◆◆

Demain, j'ai le procès. J'ai revu plusieurs fois Oscar, enfin maître Torres. Il pense que c'est dans la poche pour la sortie. Je croise les doigts.

Taku a eu une remise de peine pour bon comportement. Je suis content pour lui.

*Certes, c'est un trafiquant d'armes et drogues, mais
c'est vraiment un chouette type.
Alors, si je sors d'ici, je viendrai lui rendre visite, c'est
mon ami et je le soutiens.*

*La journée d'aujourd'hui est longue.
Je suis dans ma cellule avec Taku, on joue à la console.
Taku passe tout son temps avec moi dans ma cellule.*

*Ces hommes passent le voir quand ils ont besoin de lui.
Il les dirige toujours, même sans être présent avec eux.*

On est en pleine partie et il me met une raclée !

Takuma (Détenu) :
— Pas trop stressé pour demain mon pote ?

Padraig :
— Je flippe grave.
Et si ça ne marche pas ?
Je vais faire comment ?

Takuma (Détenu) :
— T'inquiète mec.
Ton avocat est confiant d'après ce que tu m'as dit.
Alors sois confiant aussi.

Padraig :

— Hmm, j'ai juste peur qu'il me déclare encore coupable.

Taku sait que j'ai été piégé.
Il le sait depuis l'épisode des douches.
J'ai voulu qu'il le sache, car quand Jarod n'est pas là, je n'ai que lui.

Takuma (Détenu) :

— Mec, la mafia a beau être forte.
Ils ne peuvent pas te déclarer coupable, les preuves sont démenties.

Padraig :

— Ouais, mais je garde une réserve.
Je ne veux pas y croire à fond, sinon si ça foire je ne vais pas me relever.

Takuma (Détenu) :

— Pff connerie mec.
Si ça foire, Jarod et moi, on sera toujours là pour toi et si ça marche, à toi, la liberté avec Jarod.

Padraig :

— Je te jure Taku que si je sors d'ici, on se verra une fois par semaine en parloir.
Je ne t'abandonnerai pas mon pote !

Takuma (Détenu) :

— Si tu sors, profite de ton mois de sortie.
Ne remets pas les pieds ici le premier mois,
écris-moi si tu veux, mais, vie ta vie.
J'ai plus beaucoup à faire avec ma réduction de
peine alors ça ira et puis j'ai la bande ici.

Padraig :

— Je viendrai le deuxième mois, promis Taku.

Takuma (Détenu) :

— Ça marche.

On se fait une accolade.
Un raclement de gorge nous sépare.

Jarod (Gardien) :

— Je dérange ?

Padraig :

— Bien sûr que non Babe.

J'avance vers lui et le tire dans la cellule.
Je colle mes lèvres aux siennes.

Takuma (Détenu) :

— Les gars, je suis toujours là !

Jarod (Gardien) :

— Hmm, c'est vrai !
Je pensais que tu avais disparu, mais non.

Takuma (Détenu) :

— Je vous laisse.

On se tchek puis, il quitte ma cellule.
Jarod s'installe sur mon lit.

Jarod (Gardien) :

— Ça va ?

Padraig :

— Hmm.

Jarod (Gardien) :

— Tu as peur pour demain ?

Padraig :

— Je suis terrorisé et si, il me déclarait encore
coupable…

Ça va m'anéantir babe.

Je ne vais pas le supporter, je ne peux pas rester
ici, je vais finir par me faire tuer ou être violé !

Jarod (Gardien) :

— Oscar est confiant comme jamais !

Je crois en lui, demain tout va bien se passer.

Je serai là avec toi, je suis l'un des gardiens qui
doivent t'amener et le deuxième, c'est Cobb.

Padraig :

— Tu seras avec moi tout le long du procès ?

Jarod (Gardien) :

— Ouais mon cœur.

Padraig :

— Piouf, je suis soulagé que tu sois avec moi.

Jarod (Gardien) :

— Je t'aime mon cœur et je serai toujours là.

Demain sera le début de ta nouvelle vie, j'en suis
convaincu.

Padraig :

— Merci babe, je t'aime tellement.

J'espère sortir et vivre ma vie avec toi dehors.

♦♦♦

J'ai à peine dormi de la nuit.
J'ai peur.

Ma porte de cellule s'ouvre

Cobb (Gardien) :

— Bakers t'est prêt à partir ?

Padraig :

— Pas vraiment Cobb.

Cobb (Gardien) :

— Hey ça va aller gamin.

Reyes nous attend à la voiture.

Je dois te menotter et mettre les chaînes.

Padraig :

— Ok vas-y.

Cobb (Gardien) :

— Reyes n'avait pas le courage de le faire
lui-même.

Padraig :

— Je comprends.

Il finit de m'attacher.

Cobb (Gardien) :

— En route.

Padraig :

— Attends, je peux voir Taku rapidement devant sa cellule, c'est celle juste à gauche.

Cobb (Gardien) :

— Rapidement.

Padraig :

— Merci.

Je vais devant la cellule de Taku.

Padraig :

— Hey, mon pote, tu es réveillé ?

Il tourne sa tête vers moi et il me sourit.

Takuma (Détenu) :

— Évidemment, mon pote à son procès aujourd'hui alors bien sûr que j'suis réveillé.

Il se lève et vient se coller au barreau.
Il passe ses bras et me serre contre les barreaux.

Takuma (Détenu) :
— Putain, c'est un câlin merdique !

Padraig :
— Hahaha grave.

Takuma (Détenu) :
— Bon courage mon pote et bonne liberté à toi !

Padraig :
— Merci Taku, on se voit tout à l'heure quoi qu'il arrive.

Takuma (Détenu) :
— Oui, aller file !

On se tchek et je pars, Cobb me tient par le bras pour le style.

On arrive au véhicule.
Jarod me fait grimper à l'arrière dans le fourgon.

Jarod (Gardien) :
— Wallace, tu conduis !

Cobb (Gardien) :

— Ok, ça marche.

*Je m'assieds et Jarod passe son bras autour de moi.
Il m'embrasse amoureusement.*

Jarod (Gardien) :

— Wallace, donne-moi les clés des menottes s'il te plaît.

Cobb (Gardien) :

— Tiens.

Jarod (Gardien) :

— Merci.

*Il m'enlève les menottes au poignet.
Je frotte rapidement mes poignets et je lui caresse le visage.*

Padraig :

— Je t'aime babe.

Jarod (Gardien) :

— Je t'aime aussi mon cœur.
Ça va aller, quand on arrivera, Oscar sera déjà là.

Je hoche la tête.

Jarod (Gardien) :

— Il va te redire ce que tu dois faire ou dire. Écoute-le et surtout aie confiance, mon cœur. Tu seras appelé à la barre rapidement, Wallace et moi, on doit y passer aussi pour l'histoire de la douche.

Ne montre pas qu'il y a quelque chose entre nous.

Padraig :

— Ok babe.

Cobb (Gardien) :

— On arrive, remet les menottes Reyes.

Il m'embrasse une dernière fois et m'attache les menottes.

Cobb sort du fourgon et vient ouvrir les portes.

Jarod (Gardien) :

— Je sors en premier et après, je te tiens pour avancer ok.

Padraig :

— Ok.

Il sort en premier et il m'attrape pour me sortir.

Il me tient sur la droite par le bras et Cobb sur la gauche.

On arrive en haut des escaliers et Oscar vient vers nous.

Maître Torres :

— Bonjour Padraig, alors tu es prêt ?

Padraig :

— Bonjour maître, j'ai peur, mais je suis prêt.

Maître Torres :

— Parfait, tout va bien se passer.

On va aller dans la salle, je vais rapidement te faire appeler à la barre, on va repasser en détail toute l'affaire.

L'avocat de l'autre partie va essayer de te déstabiliser, mais ne t'énerve pas ok.

Padraig :

— Ok, ça va aller.

L'affaire est appelée par le juge, nous entrons dans la salle d'audience, le procès commence.

Le juge appelle les policiers qui ont classé l'affaire à la barre.

Maître Torres leur fou la misère en réfutant chaque « preuve » que je suis le coupable.

Il joue ensuite la carte du « c'est moi la victime », il mise sur la sympathie des jurés.
Il emploie des termes forts, les jurés ont l'air d'y croire.
Je vous jure que je n'ai jamais autant prié dans ma tête.

Après 3 h de procès et plusieurs pauses, les jurés partent délibérer.

Padraig :
— Maître, vous le sentez comment ?

Maître Torres :
— C'est dans la poche d'après moi.
Tu as vu le regard des jurés quand ils passaient près de toi pour aller en salle de délibération.

Padraig :
— Ouais.

Jarod (Gardien) :
— Maître, le verdict va être annoncé.

Maître Torres :
— Déjà ? Ça fait à peine cinq minutes.

Jarod (Gardien) :

— Oui.

Allons-y !

On s'installe.

Juge :

— Messieurs les jurés, pouvez-vous nous rendre votre verdict s'il vous plaît ?

Jurés :

— Oui.

Juge :

— Pour l'accusation de meurtre avec préméditation, le détenu est déclaré ?

Jurés :

— Non coupable !

Juge :

— Pour l'accusation de meurtre, le détenu est déclaré ?

Jurés :

— Non coupable !

Juge :

— Merci. Monsieur Bakers, vous êtes déclaré non coupable du crime pour lequel vous avez été reconnus il y a quelque mois.

L'état vous présente ces excuses pour l'erreur commise lors du 1er procès.

Vous êtes libre de reprendre votre vie.

Votre casier judiciaire sera remis à zéro et votre peine de prison ne sera pas visible.

Maître Torres :

— L'état peut-il dédommager financièrement mon client qui a été emprisonné plusieurs mois et a subi plusieurs tentatives de meurtres et de viols ? Mon client a également perdu son domicile ainsi que son travail.

Juge :

— Quel montant demandez-vous maître ?

Maître Torres :

— Pour le préjudice de mon client, je demande une compassion financière de 60 000 €.

Après plusieurs minutes de conversation, le juge accorde une compensation de 50 000 €.

L'argent sera déposé rapidement dans un compte en banque à mon nom.

Les gars me libèrent et on se tchek et accolade.

Nous retournons au fourgon dès que je rentre dernière Jarod me saute dessus et m'embrasse.

Jarod :
— On a gagné mon cœur, tu es libre.

Padraig :
— Oui babe, merci sans toi, je n'aurais jamais pu.

On arrive à la prison rapidement.
Je suis escorté pour récupérer mes affaires.

Une fois dans mon ancienne cellule, je regarde autour de moi.
Je prends ma console et la TV et les amènes à Taku.

Je lui dépose aussi tous les Snacks.
Je lui écris une lettre, car il n'est pas là.

Lettre

Taku, mon pote.

Comme tu peux l'imaginer, j'ai gagné le procès.
Je suis libre.
Je te confie ma console et ma TV, elles t'aideront à supporter le temps et pallier l'ennui.

Je te fais confiance pour me rendre mon joujou dans le même état avec les jeux.
Je viendrai te chercher le jour où tu sortiras.
Je te le promets.
On se revoit au parloir dans un mois.
Prends soin de toi, mon frère.

Padraig

Fin Lettre

Je dépose la lettre sur son bureau et je vais faire mon sac.

Une fois que j'ai toutes mes affaires, on me ramène vers les bureaux.

Je récupère les affaires que j'avais sur moi à mon incarcération.

182

Puis je suis libre de sortir.
J'avance et je me rends compte que je ne sais pas où
aller.

Je suis devant les portes de prison et une voiture
s'arrête.

Oscar :
— Allez, grimpe !
Je t'amène dans ton nouveau chez-toi.

Padraig :
— Sérieux Oscar ?

Oscar :
— Ordre du beau-frère et de ma femme mec !
Bienvenue dans le monde des vivants et la famille
Reyes.

Épilogue

Après la sortie de prison, Oscar m'a emmené chez Jarod.

Nous avons passé deux semaines sur une île en amoureux.
Et oui, il a tenu parole et il m'a amené sur une île avec la mer aussi bleue que ses yeux.

Nous avons fait l'amour pour la première fois là-bas, depuis nous n'arrêtons plus.

Juste pour votre info, je suis l'actif, nous avons essayé une fois où je suis passif et franchement ce n'est pas pour moi.
Jarod lui est un bon passif.
Il aime ça et il adore que je le domine.
Bref !

Après notre retour de vacances, j'ai tenu parole également et j'ai rendu visite à Taku.

♠♠♠

Trois ans plus tard, *avec Jarod, nous envisagions de nous marier.*

Je n'ai pas quitté le domicile de Jarod et c'est devenu notre maison.

Nous avons mis la maison dans notre style à tous les deux.

Nous avons adopté un chiot.

On l'a appelé Jaraig hahaha !

Ouais, c'est notre bébé alors, on a voulu mélanger nos prénoms.
C'était soit Jaraig ou Parod…

♠♠♠

Quatre ans que je suis avec Jarod.

Taku sort enfin de prison.
Je lui ai demandé d'être mon témoin de mariage et il a
accepté.

Nous nous sommes mariés dans l'année de nos quatre
ans de couple.

C'était un beau mariage.

♠♠♠

Six ans *avec Jarod et presque deux ans qu'il est mon*
mari.

Je n'arrête pas de lui demander de quitter son boulot de
gardien.

Je m'inquiète pour lui, il revient souvent avec des
blessures et je n'aime pas ça.

Nous avons fait une demande d'adoption, nous
attendons donc qu'il nous contacte.

Voilà un an que la demande d'adoption a été déposée. Jarod m'a dit qu'il changerait de travail quand on sera papa.

Après six mois, nous avons été contactés, pour un bébé.

Une petite fille a été retrouvée abandonné près d'un foyer.

Nous avons accepté l'adoption directement. Je vous présente donc Maya Reyes.

Notre princesse, elle a un mois.
Nous sommes deux papas comblés.
Jarod a quitté son travail.

Dix ans d'amour et de pur bonheur avec Jarod.

Qui aurait pu croire qu'une erreur de justice aurait
changé ma vie à ce point.
J'ai pensé que ma vie était détruite quand j'ai été
inculpé et incarné.
Mais dès que j'ai croisé ses yeux, il a tout changé.

Le destin avait choisi une rencontre et un chemin très
particulier pour nous.
Finalement, me retrouver en prison a été le
commencement de ma magnifique histoire d'amour.

FIN

Merci à mes lecteurs.
Merci à mes proches de me soutenir.

À PROPOS DE L'AUTEUR

Nalia Asher est née dans le nord de la France. À l'âge de 26 ans, elle se découvre une passion dévorante pour la romance gay, depuis elle en écrit.

Ces histoires mettent en avant la romance et les émotions en utilisant la narration personnage sous différent point de vue et en se focalisant sur les dialogues entre les protagonistes.
Très investi dans ses récits de romance, Nalia effectue beaucoup de recherche et travail depuis son salon sur le montage de ses couvertures.

Elle passe tout son temps à faire des créations en tout genre, mais elle aime par-dessus tout faire plaisir aux autres.

Printed in Great Britain
by Amazon

34210878R00110